JN213739

そんなに側妃を愛しているなら
邪魔者のわたしは消えることにします。

Characters
カイ
豪快で気さくだが、冷酷な一面も持つ。
オリエの暗殺を依頼されていたが、
何度も彼女を狙ううち、
親しみが湧いて……
アレック
オリエの従兄。
騎士団に所属している。
オリエに対しては優しい。
オリエ
元公爵令嬢で真面目な努力家。
本来は乗馬や剣術などを鍛錬し、
女性騎士になりたいと思うほど活発。
市井に暮らす貧しい子供達の
生活や労働環境も思いやる、
優しい性格の持ち主。

ジーナ
ブルーゼ公爵家令嬢。
学生の時にイアンと付き合う。
強気な性格で
イアンの正妃を狙う。
イアン
国の王太子でオリエの夫。
政治的手腕や武芸にも秀でるが、
オリエのことになると途端に奥手。
側妃を娶ったのには
理由があって……
ジョセフィーヌ
イアンの側妃。
なんでも他人任せでお嬢様気質なところがある。
実は出自に秘密があり……

プロローグ

わたしの愛する人の隣には、わたしではない人がいる。

……彼の横で彼を見つめて微笑《ほほえ》む彼女。

わたしはそれを遠くからそっと見て、視線を逸《そ》らした。

ううん、もう見るのも嫌だった。

結婚して一年が過ぎた。

政略結婚でも、結婚してしまえばお互い寄り添い、大事にしあって暮らしていけるだろうと思っていた。なのに彼は婚約してからも結婚してからもわたしを見ない。見ようとしない。

わたし達夫婦には子供ができなかった。

義両親からの期待というプレッシャーにわたしは心が折れそうだった。

「いつになったら子供ができるのかしら?」

わたしは彼の姿を見るのも嫌で一緒に過ごす時間を拒否するようになってしまった。

そして彼は側室を迎えた。

夫の名はイアン・シャトナー、我が国の王太子で二十二歳。

わたしの名はオリエ・シャトナー、バーグル公爵家の次女で十七歳。

わたし達二人は子供の頃からの婚約者同士で幼馴染《おさななじみ》でもある。

わたしはイアンを愛していた。

でも彼はわたしを愛していなかった。

子供ができない？　当たり前よね？

だって結婚してから今日まで彼と関係を持っていないのだから。

わたし達は、わたしが十六歳、イアンが二十一歳の時に結婚した。

イアンからすれば幼いわたしを性的な目で見られなかったようだ。

初夜の日二人の寝室で彼は言った。

「オリエ、俺は君を抱くことはまだできない」

これは、いわゆる白い結婚だとすぐに理解したわたしは、下を向きギュッと唇を噛《か》んだ。

最近読んだ小説に書かれていた。

政略結婚で娶《めと》った妻とは白い結婚で、数年後に離縁する。そして愛する女性と再婚するのだ。

せめて初夜だけでもイアン様に抱かれれば、わたしは王太子妃としていられるのに……

イアン様はそれをよしとしないのね。


それからはイアン様とは会っても話すことすらなくなっていった。

お互い寄り添おうとしなかった。

イアン様の両親でもある両陛下に「二人の子供を期待している」と言われる度、心がすり減っていった。

そして、イアン様は側室を迎えた。ジョセフィーヌ様……隣国の侯爵家の三女で二十二歳、柔らかくウェーブがかった明るい茶色の髪、薄くグレーがかった瞳を持ち、鼻筋の通ったとても知的な女性。わたしのように幼稚ではなくてイアン様の横に立っていても遜色《そんしょく》がない。

初めてお会いした日を思い出す。

イアン様に突然客室に呼ばれた。

「オリエ、ジョセフィーヌだ。彼女を側室として迎えることになった。いいか、オリエ、今までのように自分勝手に過ごされては困る、ジョセフィーヌには関わるな」

イアン様はジョセフィーヌ様の腰を抱き寄せてピッタリとくっついて離さなかった。

「わかったわ、わたしは離宮で過ごすわ」

わたしはイアン様に微笑《ほほえ》んだ。

イアン様の言葉を受けて、怒ることも悲しむことも傷つくこともなく、その一言だけを告げて頭を下げる。そしてわたしは客室から出て行こうとした。

「ふふ、イアン様、二人で過ごせるのね？　嬉しいわ」

ジョセフィーヌ様はわたしの背中に向けて聞こえるように言った。

イアン様はそのあとわたしに何か話しかけたが、興味がないわたしは聞きもせずさっさと客室から出た。

「オリエ……君は俺に側室ができても眉一つ動かさないんだな」

いや、それどころか俺に向かって微笑《ほほえ》んだ。

俺はオリエを愛していた。

◇　◇　◇

俺が八歳の時にオリエは三歳。

ブロンドの髪に青い瞳、いつも好奇心旺盛でくるくると動かす瞳がとても可愛くて、俺はオリエと会うのが楽しかった。

もちろん五歳も年下のオリエに恋愛感情は湧かなかった。妹のように可愛かったのだ。

学生の時にはそれなりに恋愛をしてきた。

オリエとは毎月一回婚約者としてお茶をする時間を取っていたが、思春期の俺にはそれが鬱陶《うっとう》しく、何かと理由をつけてあまり会おうとしなかった。

そして学校を卒業して父上の仕事を手伝うようになり、王太子妃教育で王宮に姿を現すオリエを久しぶりにまじまじと見て驚いた。

いつの間にか幼いだけの子供から美しい少女へと変わっていたのだ。

妹としか見られなかったオリエが、一人の女性として見えた。

まだ十三歳のオリエ、なのに綺麗な立ち姿は美しく気高く、見る者達を魅了した。

どれだけの男達がこの美しい少女に囚《とら》われたのだろう。

父上から突然言われた。

「オリエが十六歳になったらお前と結婚させる」

「父上、まだ結婚は早いのでは？」

「オリエは三歳の時に王太子妃としての教育が始まり、もう十五歳だ。とても優秀だと聞く、あの娘なら立派に我が国の王太子妃としてお前の横に立てるであろう」

俺の抵抗など軽くあしらわれ、俺の意思は無視された。

オリエとまともに対面をしたのは五年ぶりだった。

そこにいるのは幼く無邪気な少女ではなく、聡明で美しい女性。

俺の胸はドキドキと高鳴り、まともに顔を見られなかった。


そして結婚初夜……

俺はオリエを抱けなかった。

あんな美しいモノを汚い俺の手で汚すことができなかった。

それから彼女は俺に会うことすら拒否するようになった。

なんとか関係を改善したい俺にとって彼女の拒否は辛かった。何度か話しかけようとした。

それなのに、緊張しすぎた俺は笑顔もなく、冷たい眼差ししか彼女に向けられなかった。

「殿下、その顔で話しかけられても怒っているようにしか見えませんよ」

俺の側近達からも注意を受けるが、緊張のあまり顔が強張《こわば》ってどうすることもできない。

関係ないほかの女達にはいくらでも笑顔で話せるのに……

とうとう、一年を過ぎても子供ができない俺に「側室を」と声が上がるようになった。

オリエを抱けないからほかの女を抱く？

絶対に嫌だ。

いつかはオリエと愛し合い、結ばれたいと強く願う俺に、側室など不要で邪魔でしかない。

しかし国王である父上に抵抗できず、やむを得ず側室を娶《めと》ることになった。

俺はオリエしか要らないのに。

ジョセフィーヌにも初夜の日「貴女《あなた》を抱くことはできない、俺が愛しているのはオリエだけなんだ」と伝えると「……良かった……わたしにも愛する人がいます。父に抵抗することができず、無理やり嫁がされて諦めておりました」と、涙ながらに話された。

俺も彼女も人の前ではお互い愛し合っているフリをしていただけ。

彼女の心情を知って俺はホッとした。

ジョセフィーヌが愛しているのは彼女の護衛騎士だった。

父親にバレないように二人はこっそりと愛を育んでいたらしい。認めてもらえないのはわかっていたので駆け落ちしようかと考えていた時に俺との結婚が決まり、逃げることができなくなったらしい。護衛騎士は、それでもそばで守り続けたいとジョセフィーヌについて来た。

愛する人がほかの男と結婚して抱かれるとわかっていても、愛する人のそばにいて守ろうとした。

俺はその護衛騎士を一度呼びつけたことがある。

「君がジョセフィーヌの男か？」

「ジョセフィーヌ様には何の罪もございません、どうか罰するならわたしだけにしてください、お願いします」

彼は地面に頭を擦《こす》り付けながら、必死でジョセフィーヌを庇《かば》おうとした。

「俺は悪人か？」

「え？」

護衛騎士は俺の言葉に頭を上げて、キョトンとした顔で俺を見た。

「俺が呼び出したのはお前やジョセフィーヌを断罪するためではない。父上から無理やりジョセフィーヌを側室として娶《めと》れと言われたが、俺が愛しているのはオリエだけなんだ」

「？」

「俺はオリエしか愛せない。だが周囲には俺がジョセフィーヌを寵愛《ちょうあい》していると勘違いさせないとまた新たな側室を俺に当てがおうとするだろう。だからそのように振る舞うつもりだ」

護衛騎士が戸惑いながらも俺の顔をじっと見た。

だから俺も護衛騎士の目を見返しわざとゆっくりと告げた。

「だがそれだけだ。お前とジョセフィーヌがどうしようと俺の知ったことではない。ただ、もしジョセフィーヌに子供ができても王位継承権は与えないし、俺の子供として認知はしない。私生児になるが、これだけは譲れない。そのことを覚悟して二人が付き合いたければ付き合えばいい。数年辛抱してくれれば必ず離縁する。だからそれまでジョセフィーヌを支えてやってほしい。俺は愛するオリエだけで手一杯だから」

「……殿下に感謝いたします」

護衛騎士は深々と頭を下げて去った。

「オリエとの関係を何とかしないと、このままでは俺が離縁されてしまう」

俺は深い溜息《ためいき》を吐《つ》くしかなかった。

だが、その前に俺は大きな問題を始末しなければいけなかった。

第一章

殿下が側妃を娶《めと》った後、わたしは離宮で過ごすことにした。

王宮にはいつも二人の仲睦《なかむつ》まじい姿が見える。

わたしは目を逸《そ》らし耳を塞ぎ、静かに過ごした。

両陛下からの子を催促する言葉がなくなり、わたしの心は落ち着いてきた。

離宮には数人の侍女とわたしの護衛騎士が二人、とても静かに時が過ぎる。

もう夜会やお茶会に顔を出すこともない。全てイアン様とジョセフィーヌ様が出席される。

わたしは用なしなのだ。

暖かな日の光が差し込む午後、わたしは紅茶を淹《い》れる侍女に向けてぽつりとこぼした。

「ねえ、マチルダ。わたし、ここで過ごすよりもどこか市井《しせい》で暮らしたいのよ」

「突然、何を仰るのですか？」

マチルダはわたしが子供の頃から世話をしてくれている三十歳になる侍女だ。我が家から王宮に一緒について来てくれた。

マチルダの旦那様のブルダも護衛騎士としてわたしのそばについていてくれている。

二人の息子の九歳のギルは生まれた時から知っており、わたしにとって弟のような存在で、二人と共に離宮で暮らしている。ギル曰《いわ》く侍従見習いとして手伝いをしているつもりらしい。

わたし達の会話を聞いていたギルがニヤッと笑った。

「オリエ様、では僕と街探検に行こうよ」

「いいわね。ブルダ、明日お出かけしたいわ」

「駄目です！　何かあったらどうするのですか？」

ギルの誘いに乗るわたしに、ブルダが厳《いか》めしい顔をして咎《とが》める。

「お父様、僕がオリエ様をお守りするから大丈夫だよ」

「お前の力で一体どうやって守ると言うんだ？」

「大丈夫よ。服は……マチルダの私服を借りようかしら？」

「オリエ様……わたしの私服を着るなどと言わないでくださいませ」

「あら、どうして？　マチルダの私服の花柄のワンピース、一度着てみたかったの。駄目？」

わたしは目を潤ませてマチルダに可愛くおねだりをした。

マチルダとブルダは大きな溜息《ためいき》を吐《つ》いて諦めたのか、「仕方がないです……でも絶対に一人きりでどこかに行かないでくださいね。わたしのそばを絶対に離れないでください」と言った。

それから街に出た時の心得を一時間ほど語られる。

――ほんと、心配性なんだから。

わたしは心のうちでそっと呟《つぶや》いた。

翌日、マチルダの服で街の中を歩いた。初めて自分の足で街の中を自由に歩く。

わたしは目に映るモノ全てが興味深く、あっちに行ったりこっちに行ったりして楽しく過ごした。

いつまでも飽きないわたしに、ブルダが時間を気にして言った。

「オリエ様、もうそろそろ帰りましょう」

「ええ？　お父様、もう少しオリエ様と遊びたい！」

ギルが頬をぷくっと膨らませてブルダにお願いをした。

「わたしもギルの洋服を買わないと帰りたくないわ」

「はあ、ギルの服は買わなくて結構です」

「ひどい！　わたし、洋服を買ってみたいの！　ギルに可愛い服を着せたいのよ」

「僕、可愛いのより、カッコいい方がいいな」

「そっかあ、じゃあカッコいい服を買いましょう。ね、いいでしょう、お父様？」

「わたしはオリエ様のお父様ではありません！」

ちょっとギルの真似をしてみたらブルダに怒られた。

ブルダは渋々服屋さんに連れて行ってくれた。

わたしはギルの好きな服を数着、それからブルダ達にも、わたし付きのみんなにも服を選んで届けてもらうように頼んだ。

「楽しかった！　ありがとうブルダ」

「では早く帰りましょう」

ブルダは勝手に離宮から抜け出したから、時間が気になって仕方がないみたい。

「わかったわ」

これ以上困らせるわけにはいかないものね。

離宮に戻る時に門を通るのだが、ブルダの妻マチルダのフリをしてギルと手を繫《つな》ぎ通る。

もちろん通行証はマチルダのものを借りた。カツラを被って髪色をマチルダと同じ栗色にしていたし、フードを深く被っていたので王太子妃だとは全く気づかれなかった。

それはそれで、気づいてすらもらえないんだと少し寂しく思ったけど、これからも外出できそうだと考えると嬉しくもあった。

王太子妃が市井《しせい》へ出るなんて普通ならできない。

でも今は側妃がイアン様と暮らしているので自由に過ごせるし、時間もたっぷりある。

「ねえ、明日は孤児院に行きたいの。みんなと約束をしたから」

マチルダに伝えると、少し困った顔をしてわたしを見た。

「最近お菓子作りを始めたでしょう？　明日はたくさん作って持って行っては駄目かしら？」

「喜ばれると思いますよ」

苦笑しながらマチルダは答えてくれた。

翌日、マチルダともう一人の侍女のミサが一緒に焼き菓子作りを手伝ってくれた。

マドレーヌなら混ぜて型に入れれば簡単に焼けるのでわたしでも失敗はしないの。

あとはクッキー。たくさん作ってついでにわたしの離宮にいる人達にも配った。

「良かったらみんなで食べてくださいね」

みんな喜んでくれた。王太子に必要とされないわたしでも人に喜んでもらえた。

イアン様には今ももちろん、必要とはされていない。

それでも、誰かに少しでも喜んでもらえるなら嬉しい。明日は子供達と思いっきり遊ぼう。

◇◇◇

「オリエが市井《しせい》に行った？」

俺は「影」から報告を受けて驚いた。

オリエが離宮で暮らし始めてからずっと王宮の「影」に見張らせている。オリエを排除しようとする輩《やから》が増えているからだ。

俺に愛想を尽かされ、離宮で過ごす彼女を、他の者は用なしだと思っている。そして我が国の高位貴族が、俺とジョセフィーヌの仲がうまくいっていると知り、次は自分の娘を側妃にと企《たくら》んでいるのだ。だから数人の「影」を付けて常にオリエを見張り、守らせている。

護衛騎士のブルダも俺がオリエを大切に思っていると知っているし、「影」の存在も知っている。なのに……オリエに頼まれて断りきれなかったか……

「影」達に念を押した。

「オリエをとにかく守ってくれ！」

まだそばに居られないが、俺はオリエが心配で仕方がない。

オリエに本当のことを伝えたい。

愛しているのは君だけなんだと言いたい。

だけど真実を伝える勇気がない。

あと少し、オリエに対して危害を加えようとする貴族達を全て排除するまで、俺はオリエに誤解させて過ごす。今はオリエが俺を嫌い、去っていかないように願うしかなかった。


「これは？」

ある日、ブルダが俺の前に歪《いびつ》な焼き菓子を差し出した。

「オリエ様が自ら作ったマドレーヌとクッキーでございます」

俺が手を出そうとしたらブルダがすぐに引っ込めた。

「毒味係がおりません、これはわたしがオリエ様から『ブルダに』といただいたものです。ですから殿下が召し上がることはできません。ただ、オリエ様は離宮でお菓子作りを楽しんでいるとお伝えしたまでです」

——くっそお、こいつ、俺に見せびらかしにきただけだ。澄ました顔しやがって！

「毒味係なら今ブルダがすればいい。わたしも一つもらおう」

「いいえ、責任が取れませんので、申し訳ございませんがお渡しできかねます」

そう言うと、焼き菓子をさっさと懐にしまった。

「殿下、オリエ様はとても明るい笑顔を取り戻されました。では、失礼いたします」

――俺に自慢と嫌味を言って帰っていく生意気なブルダ。

ブルダは俺の剣の師匠でもある。剣を握らせれば簡単に俺は打ちのめされる。

最近の鍛錬では、俺に恨みを込めて打ちのめす。

オリエのために今は離れているのに、それをわかっているくせに俺を無言で責める。

彼の嫁のマチルダは、俺に対して恨みのこもった顔で睨《にら》んでくる。ほんと、似たもの夫婦だ。

だが俺はまだオリエに会いに行けない。オリエの命を狙う奴らを早く捕まえなければ。

今、オリエがのんびり暮らせるのは俺が側妃に現《うつつ》を抜かし、オリエを冷遇しているからだ。

もしオリエを愛していることがわかれば、オリエがまた狙われる。

オリエはこの国で一番力のあるバーグル公爵家の次女。

バーグル公爵家に対抗して蹴落とそうとしているのがブルーゼ公爵家だ。

俺は学生の頃とても浅はかだった。

よりにもよって、ブルーゼ公爵家の三女のジーナ・ブルーゼと付き合っていたからだ。

ジーナはとても綺麗で華があった。連れて歩くだけで羨ましがられ、俺の自尊心を満足させる。

ブルーゼ公爵も俺と娘の仲を見て、いずれは俺がオリエと婚約を解消してジーナと結婚するだろうと考えていたようだ。

だが、幼い頃からオリエと結婚すると決まっていたし、ジーナは遊びでしかなかった。

もちろん弁《わきま》えて彼女と体の関係はなかった。王族が、もしもなど起こしてはならない。

そこだけは自覚していたし、学生時代だけの軽い付き合い、お互いそう思っていると信じ込んで、俺は深く考えなかった。

だが、卒業して別れようとしたら、「遊びだなんて嘘よ、わたしは貴方を愛しているの」とジーナに言われ、いくら別れようとしても泣いて縋《すが》られた。

「悪いが学生の間だけの約束だったはずだ」

「でも愛してくれたでしょう？　オリエ様とお会いすることもあまりなかったはず……だったら、婚約解消してわたしと婚約してくれてもいいでしょう？」

何があっても追い縋《すが》ってくるジーナに俺ははっきりと伝えた。

「悪いが学生の時の軽い遊びだ、本気ではなかった。君だってそう言っていただろう？『お互い婚約者のいる身だ、遊びだ』と！　もう終わりだ」

「酷い！　わたしは本気だったのに！　遊びだと言えば貴方が付き合ってくれると思っていたの、そして付き合えばいずれはわたしを本気で愛してくれると思ったのよ」

「すまない、俺も悪い。だが君と結婚することはない、結婚するのはオリエなんだ」

あの頃の俺は、まだ十三歳のオリエに対してどう接していいのかわからなかった。

幼すぎる婚約者に男の欲情を見せることももちろん、気の利いたことも何もできない。

そのイライラをほかの女の子と遊んで発散させていた。

今になってそのツケが回ってきたのだ。

ジーナとその父親は俺との結婚を諦めなかった。俺が結婚してからは自分の屋敷の者を密かにオリエの侍女としてそばに付け、オリエの様子を探らせていた。

ブルーゼ公爵は、いつの間にか王宮の中に自分の使用人達を何人も紛れ込ませていたのだ。

そしてオリエの悪い噂を流したり、ドレスを破ったりと嫌がらせを続けていた。

嫌がらせだけならまだしも、ブルーゼ公爵配下の侍女が彼女に少しずつ毒入りのお茶を飲ませているとマチルダが気づいて、俺に知らせてくれた。

彼女にはバレないように今度は少しずつ解毒剤を飲ませている。

犯人達は全て捕らえて白状させたが、まだ決定的な証拠がないため公爵とジーナを捕まえられていない。

オリエは昔からのんびりとした性格で、俺の手の者が気づきなんとか阻止していたこともあり、本人は嫌がらせにも毒にも気がついていない。

俺が側妃を娶《めと》ると言っても笑顔で答えたオリエ。彼女は俺を愛してなどいない。

それでも俺はオリエだけだ。

オリエに惹《ひ》かれ、そして恋心を拗《こじ》らせて自分でもどうしていいのかわからなくなった。

とにかく早くジーナ達を排除して、ジョセフィーヌは離縁して国に帰すか、あの騎士と再婚させてしまおう。

そして誤解を解いてひたすら愛を乞うしかない。

◇　◇　◇

離宮に来て三か月。

王太子妃としての仕事もなくなって今は孤児院に通い、街を出歩くくらいしかない。

なかなか王宮には行きにくく、図書室にはもう出入りできない。

まあ、その代わりイアン様にお会いすることもないので、ジョセフィーヌ様との仲の良い姿を見ないで済むのは助かるのだけど。

最近はすることがなさすぎて退屈だ。

「ねえ、わたししばらく実家に帰りたいと思うの」

マチルダが渋い顔をした。

「オリエ様、流石《さすが》にそれは殿下の許可をいただかないと……」

「そう？　ではブルダ、お願いしてもいいかしら？」

「理由はなんと言えばいいのでしょう？」

「……うーん、里帰り？　お父様がご病気？　でもこれは王宮に毎日顔を出しているお父様だからバレてしまうわね、やはり里帰りでいいんじゃないかしら？」

「……わかりました、とりあえずお伺いを立ててみます」

「よろしくね、ではマチルダ、帰る用意をしてちょうだい」

「え？　許可はまだ下りていませんよ」

「馬鹿ね、本気で待っていても下りるはずがないのはわかっているでしょう？」

「……まあ、確かに」

「だから、さっさと帰ってしまうの。そうすればもう何も言えなくなると思うのよ」

「オリエ様……それは、ちょっと……」

「もう、何も考えないでさっさと支度をして！　向こうにもわたしの持ち物はまだ残っているはずだから、大して必要なものはないと思うの。ふふ、楽しみだわ。久しぶりにお父様達にお会いできるのね」

この王宮でわたしがすることはもう何もない。

側妃のジョセフィーヌ様がお子もお産みになるだろうし、仕事もほぼ彼女が行っている。

わたしができるのは静かに離宮で過ごすだけ……でも、それも次第に虚《むな》しくなってきた。

数人の使用人と静かに過ごす毎日。

それなりに幸せではあるけど、物足りなくなってしまったの。

愛されない王太子妃が惨めに離宮で暮らし続ける……わたしはそこまで強くないみたい。

そろそろ彼の意識からわたしの存在を消し去ろう。

まずは実家に里帰りをしてお父様とお話をしてみよう。

わたしから離縁は難しいかもしれない、でもお父様ならなんとかしてくださるはず。もちろんわたしのことを少しでも思ってくださっていれば……

お父様が公爵家を大事にされるならわたしの離縁などお認めにはならないだろう、でも……ほんの少しでもわたしを可哀想だと思うなら……

少しだけ期待をしながら実家へと向かった。

馬車に乗って実家に向かう途中、外を見ていると気になることがあった。

「ねえ、あそこにいる花を持って立っている子達は何をしているのかしら？」

マチルダも窓から外を覗《のぞ》いた。

「あれは花売りですね」

「花売り？」

「はい、子供達も生活のために花を売って稼いでいるのです」

「止まってちょうだい」

「オリエ様、いけません。今施しをしたところで、この子達の生活がすぐに豊かになるわけではありません」

「そうね、でもあのお花を買ってあげれば、今日だけでも楽になるのではないかしら？」

「一瞬の幸せはその後の苦労を考えるといいとは言えません。期待させてその後何もしないなら、何もしない方があの子達のためです」

「わたしには何の力もないのね」

わたしは今まで周りに恵まれて幸せに生きてきた。

みんなも同じように恵まれて幸せなのだと思っていた。

もちろん王太子妃としての教育は受けてきたから紙の上では知っていたし、理解していた。

でも現実、市井《しせい》では貧富の差が頭で理解していた以上に酷かった。

わたしのしようとすることは、お金持ちの道楽でしかない。

マチルダは、わたしの甘い考えを窘《たしな》めてくれた。

ではわたしができることは？

「オリエ様、わたし達の力でできることはまだまだ少ないのです。それでも一緒に何ができるのか、考えていきませんか？」

マチルダだって意地悪であの子達を助けないわけではない。

そこにいる一人を助けても、周りにはもっとたくさんの子供達が必死で何かの仕事をしている。

その全員を助けることはできない。一人を助ければその子だけが恨まれる。

それは、その子供達の世界で一人だけ外されてしまう。生きていけなくなるかもしれない。

わたしは助けたつもりでも、その子の世界を壊してしまうことになるのかもしれなかったのだ。

——根本を解決することはできるのかしら？

ううん、少しずつでもできることを探さなきゃ。

イアン様に放置されて傷ついて実家に帰るわたしに、この子達を救うことはできるのか……自分の甘さを恥じながらわたしは気持ちを引き締めた。

◇　◇　◇

「オリエが実家に帰った？」

　俺は頭を抱えた。

　――捨てられた。

「ブルダ、なぜ止めなかったのだ？」

　俺はブルダを睨《にら》んだ。

「申し訳ございません、お止めしたのですが、自分はもうここでは何もすることがない用なしだと思われたみたいです」

「……オリエに王太子妃としての仕事を任せるのをやめたからか……表立って仕事をさせれば、またいつ命を狙われるかわからない。だからこそ仕事をやめさせたのだが、それが徒《あだ》になったんだな」

「オリエ様に事情をお伝えすることをお勧めいたします。そうしなければ本当に離縁されてしまいますよ」

「わかっている、だが……学生時代とはいえ、浮気した女がお前の命を狙っていると言えるか？」

「自業自得だと思います」

「俺は……オリエを愛しているんだ」

「ですが、オリエ様は愛していないと思いますよ」

「お前、はっきり言うな！　わかっているよ」

「殿下、早くブルーゼ公爵とジーナ様を始末しましょう、害でしかありませんよ」

「わかっている」

証拠を集めているところなんだ。

あいつらの息のかかった使用人はみんな一度捕まえて脅しをかけた。

今は俺達の駒として動いている。

もし俺を裏切れば使用人の家族も纏《まと》めて牢屋にぶち込むと伝えたのだ。

協力すれば多少の罪なら目を瞑《つぶ》ってもいいと言うと、みんな俺に寝返った。

今度はブルーゼ公爵家に入り込み、こっそり不正をした証拠の書類を盗み出している。

毒の入手先も調べがついた。毒を盛った使用人は捕まってすぐに自害したので口を割らせられなかった。使われたのは珍しい無味無臭の毒で、少量ならほとんど症状が出ない。だが少しずつ体を蝕《むしば》んでいく、わかりにくいものだった。

であれば、どうしてマチルダがわかったのか。彼女は怪しい動きをしていた使用人に気がつき、夫と共に数日行動を見張った。その者が何か怪しいものをお茶に入れているところを見つけ、取り押さえたのだ。もしマチルダが気がつかなければオリエは病弱になり、徐々に衰弱して死んでいただろうと医師に言われた。

取り押さえたのはいいものの、その使用人は自害してしまい、ジーナ達が命令したという証拠がなかった。公爵家の手の者が紛れ込んでいるとはわかっていたし、その一人だと思う。だがそれもはっきりとした証拠がなく、確定できない。

今はオリエを数人の「影」に見張らせているので、命の危険が少しは減ったと思うが、いつどこでオリエを狙うかわからない。

そう考えると、オリエの実家であればしっかりした公爵家の騎士団が多くいるので、簡単には彼女に危害を加えることはできない。その意味では安全だろう。

だが俺のオリエはどんどん離れていく。婚約者がいながら浮気した俺が悪い。

オリエが実家に去って、彼女の心はさらに遠のいた。

◇　◇　◇

久しぶりの実家の前に馬車が着くと、門番の騎士達がわたしを見て驚いた。

「オリエ様、どうされたのですか？」

突然の帰省だったからだ。

「通してはもらえないかしら？」

とりあえず彼らに微笑《ほほえ》んでみる。

「も、もちろん大丈夫です、どうぞ」

「ありがとう」

なんとか無事に通れてホッとした。

お父様は仕事で屋敷を空けていたみたいで、さらに安堵《あんど》した。

お母様はわたしが帰ってきたと聞いて、慌てて出てきてくれた。

「オリエ、会いたかったわ」

「お母様、突然帰ってきて申し訳ございません。少しの間、ここに置いていていただけないでしょうか？」

「何を言っているの、ここは貴女《あなた》の家よ。いつまでも居ていいのよ」

涙ぐむお母様を見て、親不孝しているのだと感じた。

側妃を娶《めと》られたイアン様。わたしが不甲斐《ふがい》ないから。

「お母様、イアン様を離縁しましたら、この屋敷はすぐに出て行きます。ご迷惑でしょうが、よろしくお願いいたします」

お母様はわたしの「離縁」という言葉を聞いて困ったように眉を顰《ひそ》めた。

しばらく黙っていたかと思ったら手のひらで顔を覆うように眉間を押さえフーッと溜息《ためいき》を吐《つ》き首を振るとまた考え込んでしまった。

――そうよね、突然離縁なんて……社交界では醜聞になるものね。

実家への道中、馬車内から見た光景を思い出し、離縁された後は市井《しせい》で子供達に少しでも関わる仕事をして暮らしたいと考えていた。

わたしの部屋に入るのもいつ以来だろう。

突然の里帰りなのに、綺麗に掃除をしてくれていたのか、埃っぽくもない。

いつでも戻って来られるように、わたしが出て行ったままにしてくれていたのね。

いつも寝ていたベッド、王太子妃教育の内容を必死で復習した机、厳しい教育が辛くて部屋に籠もり泣いた日々、ここは懐かしくもあり、辛い日々を思い出させる場所でもあった。

「マチルダ、貴女《あなた》達はお母様にお願いして公爵家に戻れるようにするから安心してね」

「オリエ様、わたしはずっと貴女《あなた》とご一緒にいます」

「駄目よ、わたしは平民になるのだから。マチルダにはギルがいるのよ」

「ギルはブルダの稼ぎで育てられます、でもオリエ様にはわたししかいません。ギルと二人でおそばにいます」

「そっかあ、わたしには誰もいないのね」

——わたしには仲の良い友人も数人しかいない。

あまりにも忙しい学生時代、ゆっくりと誰かと話す時間もなかった。

「……っあ、いえ、そんなことありません」

マチルダは間違えたと慌てて言い直した。

——わたしって公爵令嬢でも王太子妃でもなくなったら、何も残らないのよね。

「マチルダ、久しぶりに騎士団に顔出そうかしら？」

「おやめください！」

「あら、結婚して封印していたのよ、クローゼットにまだわたしの騎士服はあるかしら？」

クローゼットの中を覗《のぞ》くと、奥に隠されて置いてあった。

「あった！　久しぶりね、懐かしいわ」

わたしは王太子妃になると決まっていたので、令嬢として厳しい教育を受けてきた。

でも本当はお父様のような近衛騎士になりたかった。

お父様は近衛騎士団長として常に王宮を守り、我が公爵家が抱える騎士団の団長も兼ねる。

お兄様はその騎士団の副団長としてお父様の補助をなさり、活躍されている。

わたしも幼い頃は王太子妃よりも騎士団に入り、騎士になりたかった。

剣を握ってみんなを守りたかった。

でも小さい頃に、陛下から婚約者として選ばれた。

出会ったのはわたしが三歳の頃、当然イアン様にとって五歳も年下のわたしなんか、異性として意識してもらえなかった。だから初めは妹として可愛がってもらえばいいと思っていた。

でも……イアン様が学園でいつも女の人に囲まれているのを、中等部にいたわたしは何度も目撃した。そしてジーナ様と仲睦《なかむつ》まじく二人で過ごす姿を見て、わたしはイアン様に恋をしていたのだと気づいてしまった。

それまでは婚約者というより兄のように慕っていたから、たくさんの女性に囲まれていても、「イアン様ってモテになるのね」くらいにしか思っていなかった。それなのに、イアン様がジーナ様を見つめる優しい顔、二人でいる時の楽しそうな姿にショックを受けたのだ。

——どうしてこんなに胸が苦しいの？　なぜ涙が出るの？

自分の恋心に自覚したのと同時に、わたしは失恋してしまった。

それでも、公爵家から婚約解消を申し出ることはできない。特にお父様は絶対許してくださらない。

「男の浮気くらいで婚約解消などできるわけがないだろう！」そう言われるのはわかっている。だってお父様は、陛下達王族を守るためにいるのだもの。わたしのことなんか……

もう考えるのはやめよう。

唯一の大好きだったこと……今は剣を振るい、楽しいことをして過ごそう。

◇　◇　◇

「バーグル卿、オリエが実家に帰ってしまった」

俺はオリエの父親を呼び出した。

「娘が？」

バーグル卿はあまり感情を表に出さないため、今も何を考えているのかわからない。

「早くブルーゼ公爵家を始末しなければ、オリエが俺を離縁してしまう」

「自業自得です」

「わかっている、公爵家にいれば簡単に命を狙われることはない。王宮と同じくらい安全だ」

「王宮なんかより我が公爵家の方が安全です、毒を盛られることもありませんし」

「……そ、そうだな」

「ジョセフィーヌ様ととても仲がよろしいようですな。そのままの関係を続けられればよいのでは？」

「あれは、演技だ！　何度も伝えているだろう！」

「そうは見えませんがね」

――ジョセフィーヌに恋人がいると知っているのはごく僅かな人間だけで、バーグル卿には伝えていなかった。

「はあ～、バーグル卿にも真相を伝えるよ。これはほとんど知られていないのだが……」

ジョセフィーヌに恋人がいること、いずれ離縁して二人を再婚させるつもりであることを告げた。

「オリエはたぶん貴方のことをなんとも思っていないと思いますよ」

――わかっている、俺が好かれるわけがないなんてこと。

オリエは俺が浮気していたことも知っている。それでも王命で無理やり嫁がされた。

そして俺はオリエを抱くこともできず、お飾りの王太子妃にしてしまった。さらに命を狙われ、
今度は俺が側妃まで娶《めと》った。

オリエに好かれる要素なんてどこにもない。

彼女が王宮で、「お飾りの王太子妃」や「愛されない妃《きさき》」と揶揄《やゆ》されているのもわかっていた。

俺がきちんと彼女に本当のことを伝えて、愛を乞えばここまで拗《こじ》れなかっただろう。

でも……俺はオリエが好きすぎて、素直になれない。それに彼女の命を狙う奴らを、そしてその周りにいる蠅《はえ》も全て消し去らなければ、安心してオリエを俺の横に置けない。

――離縁される前にアレらを早く始末しなければ。


「ジョセフィーヌ、君を愛している」

「イアン様、わたくしもです」

俺は今夜も夜会にジョセフィーヌを連れて出かけた。

ジーナはオリエに敵対心をあれだけ持っているのに、ジョセフィーヌには何も手出ししようとしない。

俺がいくら夢中になっていても、側妃にはなんの価値もないと思っているからだろう。

ジーナはオリエを蹴落として王太子妃、いずれはこの国の王妃として俺の横に立ちたいのだ。

だから、俺は今日も正妃など興味がないとジーナに勘違いさせ、オリエのいないつまらない夜会を過ごす。

ジョセフィーヌは俺とダンスを踊りながら耳元で囁《ささや》く。

「イアン様、あそこに居るジーナ様の気持ち悪い視線、よく耐えられますわね。わたくし毎回気持ちが悪くて」

「アレを排除しなければ俺はオリエと安心して過ごせない、もうしばらく演技を続けてくれ」

「もちろんですわ、わたくしと彼の未来もかかっております。さっさとアレを排除しましょう。暗殺者を差し向けましょうか？　それともわたくしの国の娼館《しょうかん》にでも売りましょうか？」

「アレだけでは駄目だ、まだクソ親がいる。さらにその周りには小蠅《こばえ》がたくさん居るんだ、全て叩き潰さなければ安心できない」

「ではイアン様、のんびりなさってないで急ぎましょう。オリエ様がどこかへ逃げてしまわれますわよ」

「それだけは何があっても絶対に阻止してやる」

俺はジョセフィーヌににこりと微笑《ほほえ》んだ。

◇◇◇

実家に帰って来てしばらくは何も考えないで騎士達と手合わせをしてもらい過ごした。

わたしは王宮では一応大人しく過ごしてきたが、本当は走り回って剣を振るうのが大好き。

お兄様が呆れて「怪我だけはするなよ」と言いながらも、わたしの王宮での辛い立場を知っているからか、駄目とは言わないでくれている。

「オリエ様、貴女《あなた》が鍛錬に参加すると張り切るので、皆の士気が上がって効率がいいですね」

そう言ってくれるのはわたしが幼い頃から、剣を教えてくれたお兄様と同じ副団長の、クラーク子爵家当主オーヴェン・クラーク、三十五歳。

わたしのお父様のような存在。ううん、お父様よりも慕っているかも。

「オーヴェン様、こんな小娘が参加しても色気も可愛さもないわ。みんなからしたらハナタレだもの」

わたしがクスクス笑いながら言うと、彼は「まあ、わたしからすればオリエ様はハナタレですが、若い騎士からすれば憧れの人ですよ」と笑いながら答えた。

オーヴェン様の剣はとても厳しく正確に相手を攻めこむ。

練習とはいえ、少しでも気を緩めると怪我をしかねない。その緊張感がとても気持ちがいい。

こちらに戻ってきてからは、ギルも学校から帰って来ると一緒に参加するようになった。

流石《さすが》ブルダの息子だけあって才能に恵まれている。

そしてブルダのとても優しい（？）英才教育で、彼の才能はしっかり開花しているみたい。

わたしでも負けてしまうこともある……少し悔しいのだけど。

実家に戻ってきてからはほとんどドレスを着ることはなくなった。

騎士服か、簡単に着脱可能なワンピースが増えた。

そんなわたしの姿を見ても、お父様は何も話しかけてはこない。

わたしもなんとなく避けてしまい、お互い話さずに過ごしている。


「オリエ、久しぶりだな」

実家に戻って数週間が経《た》った頃、懐かしい人が騎士団に帰ってきた。

わたしの従兄《いとこ》でこの騎士団に所属しているアレック・バーグル、十九歳。

お父様の弟の息子で、今はバーグル領の騎士団に所属している。

こちらには年に数回用事がある時に帰ってきているらしい。

わたしは王太子妃教育が忙しくて、ここ数年会っていなかった。

「アレック兄様！　懐かしいわ、すぐに手合わせいたしましょう」

「おい、帰ってきて早々それはないだろう？」

「だって久しぶりなんですもの、ぜひ兄様と手合わせしたいわ」

「ずっと王太子妃なんてしていたから体が鈍《なま》ってるだろう？　そんな奴と手合わせしたら怪我させるだけだぞ？」

「最近は毎日みんなの中に入れてもらって鍛錬をしているから少しは相手になると思うの、ね、いいでしょう？」

兄様はオーヴェン様をチラッと見てお伺いを立てているみたい。

「はあー、仕方ないな、怪我しても知らないからな！」

「うん、ありがとう！」

兄様の剣はオーヴェン様やお兄様とは全然違う。荒々しくて激しい。

なのに、兄様は全く呼吸が乱れていない。

わたしは兄様の剣先をなんとかとらえるのが精一杯で防御しかできない。

攻めることもできず、簡単に負けてしまった。

「兄様、いつまでいらっしゃいます？　わたし、兄様が帰るまでにもう少し腕を上げますのでリベンジさせてください」

「ほんっと、弱いくせに負けず嫌いは変わらないな」

兄様はそう言うとわたしの頭に手を置き、髪の毛をくしゃっとして笑った。

「もう、せっかくマチルダが髪を綺麗にしてくれたのに！」

「ブルダも帰ってきているのか？」

「もちろんよ、マチルダとブルダは連れて帰ってきたわ」

「俺も後でブルダと手合わせしよう！」

「ブルダは弱い人とはしないわ！」

負けたわたしはついムキになって兄様に意地悪を言った。

「そうか、ブルダはオリエとはしないのか、可哀想に」

「違う！　兄様としないと言ったの！」

「へえ、そっかあ。俺がブルダに負けていたのは俺が十五歳までだ！　それからは勝つことも増えてきたんだぞ！」

「え？　そうなの？」

先ほどからそばに控えていたマチルダが頷《うなず》いた。

「はい、残念ながら本当です。アレック様はとても才能のあるお方だと思います」

「いいなー、わたしも男に生まれて思いっきり剣を振るいたかったわ」

「そんなことしたら殿下も俺も、この恋を諦めなきゃいけなくなるからダメだろ」

アレックが何かボソッと言ったけど、わたしの耳には届かなかった。

◇◇◇

オリエが実家に帰ってから数週間が経《た》ってしまった。

「迎えに行きたい」

俺がボソッと呟《つぶや》くと、すぐに言葉が返ってきた。

「オリエ様は今ご実家で充実した日々を送っておりますので、どうぞジョセフィーヌ様と仲睦《なかむつ》まじくお過ごしください」

「お前まで言うのか、側近のくせに」

俺の側近であるブライス・ベナートル、伯爵家次男で幼い頃からの幼馴染《おさななじみ》でもある。

「ジョセフィーヌ様に愛しているなど言ってイチャイチャしながら過ごす姿を皆見ております。今更演技だと言われても、そちらの言葉を疑いたくなります」

「……そんな風に見えるか？」

「はい、側妃に夢中になる王太子に見えます」

「嬉しくはないが仕方ない。それがこちらの思惑なんだからな」

「ブルーゼ公爵の動きは？」

「オリエ様が実家に戻られたと聞いてご機嫌が麗《うるわ》しいようですね」

「ふうん、では一度呼び出してみるか」

「どうして？」

「向こうも俺がオリエに対してどう考えているか知りたいだろう？」

「ジーナ様もついて来られるのでは？」

「アレは鬱陶《うっとう》しいが、父親の公爵と一緒の方が罠もかけやすいかもしれない。その時はジョセフィーヌも連れて行くとしよう」

「ジョセフィーヌ様の命が狙われるのでは？」

「いや、その危険はない。ジーナは俺を愛しているわけではない、愛しているのは自分を王妃にしてくれる地位だ。正妃でなければ王妃になれないから、俺に固執している。ジョセフィーヌは絶対に側室のままだ」

「どうしてそう言いきれるのですか？」

「父上である陛下が、ジョセフィーヌの父親に側室として迎えるならよいと、俺との結婚を許可したんだ。彼女は茶色の髪だろう？　王妃の絶対条件であるブロンドじゃないからな」

「そう言えば……王妃は皆ブロンドですね……側妃様は確かに違う髪の色……」

「だからオリエは三歳で俺の婚約者になったんだ。あのブロンドはこの国でもなかなか少ない、輝くほど綺麗な髪だ」

「ジーナ様もブロンドではありますが、まぁ、普通ですもんね」

「ジーナのプライドが許さないんだろうな、同じ公爵家の娘として。オリエがいなければ自分が選ばれたと考えているはずだ」

◇　◇　◇

兄様は忙しく、なかなか手合わせをしてもらえないまま時間が経《た》ってしまった。

オーヴェン様はなぜかわたしのそばにいる。

今もにこにこ笑顔で「オリエ様、このお茶とても美味しいですね」と、なぜか二人でお茶をして過ごす時間が増えた。

「ほんと、美味しいですね。……ところでオーヴェン様はお仕事がお忙しいのでは？」

「最近はオリエ様の兄君がしっかりしてきたので、わたしはゆっくりさせていただいております」

「お兄様が？　オーヴェン様に比べたらまだまだでしょう？」

「いえいえ、ここ最近は技術も上達してきましたし、まだ弱い面もあった精神もかなり強くなられました。立派な当主にいつでもなれるでしょう」

「まあ、そうなのですか？」

——一年以上も実家を離れていたのだもの、気がつかないうちに周りは変化しているのね。

少し寂しい気持ちになった。

そんな会話の途中、わたしはここ最近考えて動いていたことをオーヴェン様に話してみた。

「オーヴェン様は市井《しせい》で子供達が働いていることはご存じですか？」

「もちろん知ってはいます、片親の子、貧しい子達は皆働いているでしょう」

「それでは、その子達の労働環境や賃金についてはどうですか？」

「いえ、そこまでは……」

「わたしも調べるまではほとんど知りませんでした。雇い主への隷属、劣悪な労働環境、生活するには足りないほどの低い賃金……その子達が少しでも今の生活の状態を改善できないかとずっと考えていました。わたしの力では何もできない……それでも何かをしたい。唯一わたしができることと……子供達に安心して働く場所と技術を与えたいのです」

「働く場所と技術？」

「はい……女の子達には刺繍《ししゅう》や裁縫を教え、それを仕事にしてもらおうかと……男の子達には算術や字を教え、ゆくゆくはお店を開けるようになってもらいたいのです。もちろん全ての子供を救うことはできませんが、少しずつ輪を広げていきたい。わたしは資産としてお父様から領地をいただいております。それに鉱山も……それらを使い、投資したいのです。お力を貸していただけないでしょうか？」

「大変なことですよ。口では簡単に言えますが、結果が出るには数年の時間がかかります」

「わかっています、ですからオーヴェン様にお願いしているのです。オーヴェン様は商会も運営されていらっしゃいますよね？　子供達にそういった技術を教えていただけそうな方を何人かご紹介願えませんか」

わたしはオーヴェン様の目を見つめて言った。

「算術や字ならわたしも教えられます。街の方々にこの先の展望をお話ししたところ、数名の方から無償のご援助を約束いただきました。子供達は覚えが早いですから、最初の何人かにきちんと指導すれば、その子達が下の子達に教えてくれるでしょう。また別の子達には、鉱山から出た商品にならない宝石の屑石《くずいし》を加工し、安価な宝飾品を作れるよう、今技術を習得してもらっています。市《し》井《せい》で売ってもらいたくて。そしてその加工した屑石《くずいし》はドレスなどの飾りとしても使えないか、と思っております」

「ほう、確かに屑石《くずいし》は捨てるしかないものですが、そう上手くいきますか？」

「マチルダ、持ってきてくれる？」

「はい」

マチルダに頼んで試作品をいくつか持ってきてもらった。貴族が着る豪華なドレスではなく、市《し》井《せい》で普通に誰でも買えそうなドレスの胸元に小さな宝石を鏤《ちりば》めてみたのだ。

「とても綺麗ですね、元々が屑石《くずいし》とは思えません。それにこのドレスもいい出来だ。これなら売り物になるでしょう」

「本当ですか？　これは数人の子供達に教えて作らせたものです。ドレスも着なくなったものを再利用したのです。覚えたばかりの縫製の技術を使って」

「子供達に？　それにドレスを再利用したと？」

「はい、そしてこれがブレスレットとネックレスです」

小さな宝石に穴を開けて繋《つな》げた色とりどりの宝石。とても可愛らしくできている。

「これは……売れますね」

オーヴェン様は細やかな宝飾を見て顔を綻《ほころ》ばせていた。

「凄いでしょう？　子供達は手が小さいので細かい作業がとても上手なのです。それに頑張ればお金になるとわかっているので、一生懸命覚えてくれました。きちんとした技術が身につけば、将来、独立できる可能性もあります。こうして子供達が得意分野の技術を習得していけば、たとえ貧しく暮らすことになっても、楽しく働いて生きていけるのではないかと思ったのです。同じ働くなら楽しまなくては」

最初は夢物語かもしれない、でもわたしは懸命に言い募る。

「もちろん簡単なことではありません。だからお父様にも頼んで貴族の方達に少しでも力になってもらえるようにお願いするつもりです。施しではなくて自分達の力で生きていけるように少しでも力になれればと考えています」

「そこまで考えていらっしゃるとは……わかりました。ではわたしも少しですが、何ができるか考えてみましょう」

「ありがとうございます、ぜひお力をお貸しください」

わたしはこれからいろいろな人達に頭を下げてまわるつもりだ。

オーヴェン様のように上手く話が進まないことが多いのはわかっている。それでも動き出した。

わたしは突き進むつもりだ。

◇　◇　◇

「ブルーゼ公爵が今日登城してきた？　ジーナも一緒か？」

ブライスの話に呆れながら聞いた。

確かに俺は呼び出した。だがまだ日にちすら決まっていないのに、彼は強引にやって来た。

俺は舐《な》められているのか？

俺がオリエと別れてジーナと結婚するとでも思っているのか？

オリエに毒を盛り殺そうとした女を娶《めと》るなんてあり得ないのに！

俺はオリエに毒を盛って死んだ使用人と仲の良かった使用人を、わざとジーナ達のお茶の世話係とした。そしてその者に告げる。

「いいか、毒が入っていた瓶に無害な薬を入れた。これをあの二人にわかるように見せつつ、だがこっそりと入れろ。あの二人がどんな顔をするか、それを飲むのか様子を見たい、できるか？」

「はい、かしこまりました」

そして使用人は二人の前でお茶を淹《い》れ始めた。

俺は二人に柔らかに挨拶をした。

使用人は挨拶している隙に薬をこっそりと入れている。

二人は俺と話しているのにもかかわらず、使用人の手元を見てギョッとした顔をした。

「公爵、どうした？」

俺がわざと問いかけると「いえ、何もございません」と少しうろたえてはいたが、流石《さすが》に狸《たぬき》。すぐに動揺を隠して笑顔で俺と話し出した。

ジーナも顔を引き攣《つ》らせながらも気持ち悪い猫撫《ねこな》で声で話しかけてきた。

「殿下ぁ、お久しぶりです。お会いできなくてぇ、とても寂しかったです」

公爵令嬢がそんな話し方をするか？

俺は鳥肌が立ち、同時になんでこんな女と付き合ったのだろうと昔の自分の愚かさに溜息《ためいき》がでた。

「久しぶりだな」

これが精一杯の返事だった。

「二人とも座ってお茶でも飲んでくれ」

俺がお茶を勧めても手を動かそうとしない。

「このお茶は隣国から取り寄せた珍しい茶葉を使っているんだ、ぜひ飲んでみてくれ」

俺はそう言うと自分のお茶に口をつけた。

二人はビクッとして俺を見つめた。

俺は何食わぬ顔をして飲み続けた。

「どうした？　感想を聞きたいのだが？」

もう一度お茶を勧めると、二人は顔を見合わせて仕方なく口をつけたフリをした。

「そんなにこのお茶が飲みたくないのか？」

俺はわかっていながら、さらに勧めた。

「え、いえ、飲みます」

二人とも慌てて飲み始めた。

「美味しいだろう？　うちの使用人が美味しくなるようにと、この瓶に入っているエキスを一滴入れたんだ」

「その瓶は？　え？　あ、あの……」

「うちの使用人が持っているのを見て、教えてもらったんだ。この国では珍しいエキスで体にとてもいいらしい。もっと入れた方が効果があるかもしれないな、俺が入れてやろう」

俺は瓶の蓋を開けてたくさん入れ、「さあどうぞ」と勧めた。

「殿下、そんなにたくさん入れたら飲めません」

「どうして？」

「だって、何が入っているかわからないではないですか？」

「俺も今飲んだが、美味しかったぞ。うちの使用人が何か変なものを入れたと言いたいのか？」

俺は二人を睨《にら》みつけた。

「め、滅相《めっそう》もありません。そう言えば、わたくしめを呼び出された理由をお伺いしてもよろしいですか？」

公爵は話をすり替えようと必死だ。

この瓶の中身はすり替えているのでもちろん毒ではない。これは下剤だ。

今夜は二人とも眠れぬ素敵な夜を過ごすことになるだろう。

「ああ、陛下から伝言を預かっていてな」

「陛下からの？」

「ジーナ嬢、君にはバルセルナ辺境伯の元へ嫁いでもらうことになった。公爵令嬢がまだ嫁に行っていないことを陛下がとても心配されて決められたそうだ、よかったな」

「な、な、なぜ？」

「なぜって、陛下のお優しいご配慮に決まっているだろう？」

俺はジョセフィーヌを隣に座らせて仲睦《なかむつ》まじい姿を見せながら話す予定だったのに、突然の訪問でできなかった。だからいきなり来た二人に対して、真っ先に意地悪く切り返した。

恐々とお茶を飲む二人に追い打ちをかけて言った。

陛下にジーナとバルセルナ辺境伯の婚姻を勧めたのはもちろん俺だ。

辺境伯は少しクセのある男で、なかなか嫁の来手がない。令嬢達からは敬遠されている変わり者だ。ジーナとの話を持っていくとすぐに了承した。

公爵がいくら嫌な顔をしても陛下からの勧め、それは王命と同じだ。

婚約者のいない行き遅れのジーナに断る術《すべ》はない。

だから俺はニヤッと笑った。

「俺はオリエを離縁する予定はない。アレはお飾りとは言え、いずれ王妃となるだけの才と気品を持っている。彼女ほど俺にふさわしい王太子妃はいない。それにあの見事なブロンドの髪は俺の後継を産むのにふさわしい。なぁ、公爵もそう思うだろう？」

――ジーナには王妃としての品格も才能もない。お前はふさわしくないのだ。オリエは比べようがないほど優秀だ。

ジーナは俺の言葉の意味がわかったのか、物凄い形相で俺を見つめた。

「しかし、愛のない妻など……」

公爵は、なんとかジーナの婚姻をやめさせようとした。

「俺にはジョセフィーヌがいる。正妃は子さえ産めばよい。なぜかジーナ殿は俺とオリエとの仲を心配してくれているようだが、俺は離縁をする気など一切ない。たとえ誰かが何かをしようとも。だから安心してバルセルナ辺境伯の元へ嫁げばいい」

――邪魔なジーナはとにかく辺境伯のところへでも行ってもらう。お前など何があっても娶《めと》ることなどない！

ジーナは下唇を強く噛《か》み締めて俺を睨《にら》んできた。

公爵はまだ何か言おうと何度も口を開きかけては閉じていた。

「ジーナ嬢、君にはバルセルナ辺境伯と幸せに暮らしてほしい」

「……っな、わたし……」

「君に拒否権はない」

――ジーナには一切文句を言わせはしない。

俺の大事なオリエに毒を盛ろうとしたんだ。俺の目の前からいずれは消し去ってやる。

お前達の悪行についてあと少しで証拠が全て揃《そろ》う。

公爵にも一言。

「あぁ、この綺麗な瓶、気になっているようだからやるよ、今夜はゆっくり休んでくれ」

お前達を逃しはしない。周りの奴らも纏《まと》めて排除してやる。

俺は柔らかに笑った。


公爵達が帰ったあと、俺は自分の執務室にいた。

「この書類は？」

ブライスが持ってきた書類や手紙の中から気になるものが出てきた。

「はい、こちら金額がかなり捏造《ねつぞう》されています」

「こんなに税金を長年誤魔化していたのか……」

ブルーゼ公爵は、領地の収入をかなり低く報告して脱税をしていることがわかった。

国に報告をしている税率が、領民に課している税率と違う。

さらに自身の商売で得た利益も大幅に低く報告している。

税務官に賄賂を渡して監査報告も誤魔化してもらい、長年見逃してもらっていたようだ。

かなり悪質だ。公爵だけではなく、公爵が親しくする貴族達もそれに倣っていた。

これはまだまだ調べないといけないことが増えそうだ。

陛下に報告をして調査員を増やそう。

またこれでオリエに会いに行けなくなる。

俺は忙《せわ》しく動き回り、オリエに関する報告を聞くだけの毎日を仕方なく過ごした。

「あー、オリエが離縁の準備を始めたらしい」

影から報告を聞いて俺が頭を抱えていると、ブライスは呆れた顔をした。

「殿下、だから言ったでしょう！　貴方がジーナ様なんかと付き合うから！　あんな権力好きの女と付き合った貴方が悪いんですよ。それもまだ十三歳だったオリエ様の前でイチャイチャして、彼女がどれだけ悲しそうな顔をしていたか……さらにジョセフィーヌ様ともベッタリで。捨てられて当たり前ですよ、俺ならもっと早くに捨てていますね」

「……どうしてもオリエには素直に好きだ、愛していると言えないんだ。あいつの前では平然としていられない……どうでもいい他の女の前なら、いくらでも笑顔になれるのに」

「完全に拗《こじ》れて歪《ゆが》んでいますね、捨てられるしかないですよ」

「お前、それでも側近か？」

「俺しかここまで言ってあげられる人はいないでしょう？」

「……手放すしかないのか？　オリエの幸せのために……」

——俺以外の横で他の男とオリエが微笑《ほほえ》んでいるなんて……考えただけでおかしくなりそうだ。

◇　◇　◇

少しずつわたしの生活は変わってきた。

騎士団での鍛錬も楽しい。市井《しせい》で子供達と接するのも楽しい。

孤児院の慰問だけではない。実際、いくつかの家を作業場として借り、子供達はそこで仕事を覚え始めている。わたしはできるだけ時間を作ってそこにも顔を出している。

算術や字はもちろんのこと、刺繍《ししゅう》ならそれこそ手をとって教えてあげられる。

この作業所にわたしが子供の頃読んだ本をたくさん置いて、自由に読んでもらう。

子供達は本に触れることが少ないので興味津々、みんな字を覚えるのもとても早い。

でもここではお金を稼げない。

だからきちんと子供達を管理する者を置き、ここでした勉強や作業に一定の基準を設け、その分を給金として支払う。

花を売ったりして稼ぐのと今は変わらないくらいしか貰えないが、自分のために技術を身につけながら稼げるので、ここに来る子供も増えてきた。

でもこの作業所は赤字で売り上げなどほとんどない。

ここの経営費はわたしの懐から出している。

最近はこの動きに賛同してくれる貴族の人達も出資してくれるようになった。

わたしが提案したのだが、マチルダの兄であるアンドラが中心で動いている。

アンドラも公爵家の使用人で、お兄様にお願いして彼に助けてもらっている。

軌道に乗れば、ただのボランティアではなくてきちんとした利益の出る仕事として公爵家で取り入れてくれるよう、確約もとった。

先は長いけど、わたしは王太子妃として過ごすよりも市井《しせい》で子供達と楽しく過ごす方が向いている気がする。

「オリエ様、ここはどうしたらいい？」

図案を写し刺繍《ししゅう》を刺していくのだが、やはりステッチの仕方がいろいろあって、糸の色や縫い方の組み合わせは難しい。器用な子もいれば不器用な子もいる。

女の子でも刺繍《ししゅう》が苦手な子はアクセサリー作りをしたり、屑石《くずいし》の加工をしたりする。算術に向いている子もいる。

逆に男の子でも、細かい作業が得意な子はアクセサリー作りをする子もいる。

ただ、ここで働き技術を教えてあげる代わりに条件を一つだけ作った。

来たら必ず算術と字の勉強を三十分はして帰ること。

これをしない子供は受け入れない。

勉強が得意な子供はさらに難しい算術を覚えてもらい、字も完璧に書けるようになればお店で雇ってもらえるように知識をつけていく。

これは時間がかかりすぐに成果は出ないけど、いずれは本人達の糧《かて》になるはず。

そしていくつかの作業を通してそれぞれ自分に合うものを見つけて覚えていく。

いずれはもっと作業の種類も増やしていきたいと、アンドラ達がわたしの手を離れて動き始めてくれた。

『オリエ様、わたし達の力でできることはまだまだ少ないのです。それでも一緒に何ができるのか、考えていきませんか？』

マチルダに言われた言葉は、今少しずつだけどみんなの力で実現し始めた。

細く長く、ゆっくりと。


久しぶりにお茶会に招待されて、マリイ様のお屋敷へ向かうことになった。

マチルダ達にギュウギュウにコルセットの紐《ひも》を締められて重たいドレスを着て、髪の毛もがっちりとセットされて久しぶりのお洒落《しゃれ》は窮屈で苦しいだけ。

「ふう」

大きな溜息《ためいき》を吐《つ》くと、マチルダがすかさず「最近お洒落《しゃれ》をサボっていたからですよ」と一言。

――うっ、この頃、わたしの扱いが雑。

「ふふ、確かに。でももうすぐ王太子妃ではなくなるのよ？　平民になるの」

わたしはマチルダ達に笑みを浮かべた。

「はいはい、オリエ様、平民になるならギルと一緒に三人で暮らしますので、いつでも言ってください」

「あら？　なんだか適当な返事？」

「そんなことはございません。オリエ様を一人にしたら何をしでかすかわからないので、いつまでもおそばにいますよ」

「マチルダったら、わたし子供じゃないのよ？」

――もう！　本気にしてくれないのね。

マリイ様は侯爵家で、わたしの幼い頃からの数少ない友人だ。

お飾りの王太子妃になってからは、公爵令嬢で王太子の婚約者のわたしに今まで媚《こび》を売ってきた人達がどんどんいなくなった。その中で友人でい続けてくれた、心を許せる大切な人。

「オリエ妃殿下にご挨拶申し上げます。ようこそいらっしゃいました」

「マリイ様、お招きいただきありがとうございます」

わたしは柔らかに微笑《ほほえ》んで挨拶をする。

そして目を合わせるとお互いクスッと笑い合い、すぐに砕けた口調になった。

「オリエ様、実家に帰ったと聞いていますが、離縁を？　微力ながら我が家もいつでもお手伝いいたしますわ」

「ふふふ、ありがとう。たぶんもうそろそろ向こうから言ってくるのではと思っているの。わたしも市井《しせい》で暮らす準備を着々と進めているわ」

「……どうして離縁したら市井《しせい》で暮らすことになるのです？」

「だって、離縁されれば醜聞になるわ。お父様はわたしを切り捨てるでしょう？」

「それは公爵に言われたのですか？」

「え？　違うわ。巷《ちまた》の小説では捨てられた正妃は実家に帰ることができずに平民になるのが定番なのよ？　お父様はわたしに興味すらないわ。今も、屋敷に帰ってきたわたしと会おうともしないのよ。たぶん呆れて怒っているのでしょうね、イアン殿下の心を繋《つな》ぎ止められない娘に」

「あのイアン殿下が、オリエ様を捨てるわけないでしょう⁉」

わたしはマリイ様の言葉にキョトンとした。

「イアン殿下はジョセフィーヌ様を愛しているのよ？　ご存じでしょう？」

「殿下のことだから、また何か拗《こじ》らせて馬鹿な動きをしているだけでしょう……」

マリイ様はわたしに聞こえないように何か一人でブツブツと呟《つぶや》いて怒っていた。

「ねえ、マリイ様、何を仰っているの？」

「オリエ様はイアン殿下をどう思っているのですか？」

「え？　どうって？」

マリイ様の問いにわたしは思わず戸惑った。

――十三の時、ジーナ様と仲睦《なかむつ》まじい姿を見て、イアン様を好きだと気づいた……そしてその瞬間に失恋した。だけど、政略結婚を拒否できなかった。

それでも愛されなくても良い関係を築いていこうと思っていた。

でも、イアン様はわたしを妻として見てくれなかった。

そして側妃を娶《めと》られてジョセフィーヌ様を愛してしまった。

わたしにはもう居場所はない。

「ジョセフィーヌ様と幸せになってほしいと思っています。邪魔者は消えるべきだと思うわ」

「……オリエ様はそれでいいのですか？」

「だってわたしは二人の愛の邪魔でしかないのよ？」

マリイ様のお茶会では、わたしに擦り寄ってくる者はほとんどいなかった。

みんな挨拶をするとそそくさと離れていった。

「みんなはっきりしているわね」

マリイ様は苦虫を噛《か》み潰したような顔だ。

わたしは面白くてクスクスと笑った。

「もう!!　わたしが怒っているのは貴女《あなた》のことなのよ！」

「だって、マリイ様ったらさっきから怒ったりイライラしたり、とっても忙しそうですもの」

「……オリエ様が気にしていないのならもういいわ」

マリイ様が怒ってくれるだけでわたしは嬉しかった。

「わたし元々友人が少ないから、人が離れてもなんとも思わないの。大切な人達さえ居てくれればそれだけで十分なのよ」

「……っう、だったらわたしはずっと居てあげるわ」

マリイ様はわたしから目を逸《そ》らしていたけど、耳が赤くなっていた。

「ありがとう」

その後のお茶会は、ポツンと一人座って過ごした。

マリイ様は主催者なのでわたしだけのそばにずっと居ることはできない。

でも、周りの噂話を黙って聞いているのもなかなか楽しい。どこの娘が最近婚約を解消しただとか、誰と誰が恋仲だとか、あそこの商会の扱う商品が外国から入ってきていてとても良いらしいとか、新しい情報がたくさん入ってくる。

「……オリエ妃殿下？」

「は、はい」

「こちらは今王都で人気のお店のお菓子らしいのですが、よろしければお一ついかがですか？」

隣に座っていた伯爵令嬢のミルミナ様がお菓子を勧めてくれた。

「あら、美味しそう！　ありがとうございます」

――わたしったら噂話に気を取られてボーッとしていたわ。

ミルミナ様はとても可愛らしい方だった。

たまたま隣に座った一人のわたしに気を遣って一生懸命に話しかけてくれる。

わたしも彼女の好意が嬉しくて楽しくお話をさせてもらった。

彼女はわたしより一つ年下らしく、婚約者の話を恥ずかしそうにしてくれた。

わたしはニコニコと聞きながら「そうなの？　それで？」とついいろいろ聞いてしまった。

――わたしには恋愛などなかったわ。

だからなのか、聞いていると物語の中のお話のようでワクワクしてしまう。

「オリエ妃殿下、わたしの話ばかり聞いてもらって申し訳ありませんでした」

「そんなことないわ、可愛らしくて楽しかったですわ。またお会いできたら嬉しく思いますわ、我が家に……あっ」

——我が家にもぜひ……と言いそうになったけど、実家に戻ってきているのだった。はっとして思わず口籠もった。

その様子に気づいたミルミナ様は、察してくれたみたいで「ぜひ我が家にもおいでください」と、笑顔で誘ってくれた。

——わたしが王宮を出て実家に帰っていることはもうみんなに知られているわよね。気を遣わせてしまったわ。

◇　◇　◇

「殿下、オリエは我が家で幸せに過ごしております。どうかこのままそっとしておいていただけませんか？」

ある日、オリエの兄であるライルが執務室に突撃してきた。

俺の二つ上のライルは、幼い頃から側近の一人として一緒に過ごした。

ライルは結局側近の立場を離れて公爵家の騎士になったが、今でも親しくしている。

だが、妹大好きなライルは俺とオリエの結婚をいまだに反対していて「早く離縁を！」と毎回突撃してきては離縁を急《せ》かす。

「ライル、お前もわかってくれているはずだ。オリエには悪いと思っている、でも後少しでジーナ達を纏《まと》めて処分できるんだ。彼女にはちゃんと話すから今はそっとしておいてくれ！」

「貴方は間違っています。オリエは自分が愛されていないと思っていますよ。周りの令嬢達からも冷ややかな目で見られて可哀想です。どうか手放してもらえませんか？」

「……無理だ」

「ジーナと浮気した貴方が全て悪い、そのせいでオリエは命を狙われたのですよ」

わかっている、俺が悪いことは。

ジーナと付き合っている頃、オリエが俺達を悲しそうに見ていたことには気がついていた。

でもあの頃の俺にとってオリエとの結婚は政略的なものだった。彼女を妹としか見られず、いつかは解消するつもりでいた。なのに……十三歳のオリエに恋をするなんて思ってもみなかった。

卒業して父上の仕事を手伝うようになり、王太子妃教育で姿を現すオリエを久しぶりにまじまじと見て驚いた。

いつの間にか幼いだけの子供から美しい少女へと変わっていたのだ。

恋愛の対象ではなかったオリエが、一人の女性として見えた。

俺はこの醜い気持ちをひたすら隠した。

ジーナとは卒業と同時に別れたが、オリエに合わす顔がない。だから自然と避けてしまった。

遠くから見るオリエには、いつも男達の視線が集まっていると気がついた。

あの男達を近づけさせないように、オリエの近くには侍女と女騎士を配置した。

オリエの父のバーグル公爵も苦笑いをしながらも俺と同意見だった。

彼女の護衛は瞬く間に女騎士だけになっていた。

まぁ、ブルダだけは公爵家からの護衛騎士なので立場は変わらなかったが、妻であるマチルダが常にオリエのそばにいたので、何も言えなかった。

本当はあの二人を引き離せたらもっといいのだが……

俺の態度に対して平気で意見をしてくるブルダ。

平気で睨《にら》んできてオリエに近づけさせないように邪魔してくるマチルダ。

その息子のギルは、オリエにベッタリで俺を小馬鹿にしたように見てくる。

本当にあの親子だけは腹が立つ！

だがあの三人がオリエを守ってくれているから、俺がこんな奴でもオリエが破約しないでくれる。

学園でもオリエに変な虫がつかないように俺は自分の側近の妹や親戚を集めて「オリエに変な虫がつかないように見守ってほしい」としっかりと声がけをした。

そして、定期的に報告も受けていた。

ブライスはそんな俺に対して小言を繰り返した。

「そんな馬鹿なことばかりしないで、オリエ様とちゃんと向き合ってください！」

「それができないから、こんなことをしているんだ！　俺だって、オリエに好きだと言いたい。だけど十四歳のあの子に十九歳の俺が本気で好きだなんて言えるわけがないだろう？　それもこの前まで他の女と付き合っていたんだぞ」

「この先、後悔しますよ」

ブライスのこの言葉は今、現実となって返ってきた。

◇　◇　◇

最近お兄様の様子がおかしい。

わたしに話しかけて何か言おうとするのだが、ためらってやめてしまう。

お父様はあからさまにわたしを避けている。

そんな二人を見てお母様は呆れた顔をしている。

「ほんと男どもは、どいつもこいつも当てにならないのよね」

お母様の汚い言葉に思わず呆気《あっけ》に取られた。

「オリエ、貴女《あなた》は思っている以上に大切にされているのよ。ただね、本当にみんな不器用なの」

大切？

どこがだろう？

お兄様は確かにわたしに優しい。

でもお父様はわたしに会うと顰《しか》めっ面《つら》だ。

実家に帰ってきていることをよく思っていない。

本当はお飾りの妻として王宮に居てほしいのだろう。

イアン様の噂をこの前のお茶会でみんなが話していた。

わたしには聞こえないように……とってもわざとらしく！

そんなの聞こえているわよ！　チラチラわたしを見て笑っていたもの。

ジョセフィーヌ様との仲はとてもよく、いつお世継ぎが生まれるかと王宮ではみんな期待しているそうだ。

やはり……わたしは早く身を引こう。

わたしは決心して一番頼りになるお母様と話をした。

「お母様、わたしはイアン様と離縁をして市井《しせい》で暮らすつもりです」

「……オリエ？　離縁は反対しないわ。でもね、市井《しせい》で暮らすことは賛成しかねるわ。貴女《あなた》は離縁しても元王太子妃という立場が消えることはないの。それに公爵令嬢でもある貴女《あなた》が市井《しせい》で生活すれば、犯罪に巻き込まれる可能性が高いのよ」

「やはり修道院しかないでしょうか？」

わたしとしては修道院に行くよりも、孤児院や今立ち上げている子供達への支援の仕事をしたい。

「……どうして貴女《あなた》が始めた支援をアンドラに手伝わせたと思っているの？　利益が出るようにしたのも、オリエが離縁した時にこの公爵家で貴女《あなた》が気兼ねなく過ごせるようにとお父様が陰で動いてくださったのよ」

「え？」

「他の貴族の方達からの支援なんて簡単に受けられるわけがないじゃない。お父様がみなさんに話をしてお願いをして回ったのよ。もちろん、オリエがきちんとした考えを元に始めたことだから、お父様もお願いしやすかったみたいよ」

「……わたしはお父様の顔を潰し、お飾りの妻のまま、ここに戻りました。だからお父様は怒っていらっしゃるのだと」

「お父様も後悔しているのよ、あんな殿下の嫁にやったこと。貴女《あなた》を大事にしてくれると思っていたのに……本当に情けないわ」

「……わたしが離縁するとお父様のお立場が悪くなると思うのですが……」

「陛下とあの人は昔からの友人よ。彼は陛下に対して怒っているの、側妃を娶《めと》らせるなんてオリエを馬鹿にしているわ」

「……ジョセフィーヌ様はイアン様の愛しているお方です。わたしは彼に一度も愛されませんでしたが、彼はわたしが好きになった人です、幸せになってほしいと願っております」

「オリエ、本当に離縁を進めてしまってもいいの？」

「はい、お願いいたします」

「わかったわ、ただし、離縁してもこの屋敷に住むこと。いいわね？」

「ありがとうございます」

◇　◇　◇

「父上、ブルーゼ公爵の脱税及び王太子妃への殺人未遂の証拠と証人を全て揃《そろ》えました」

俺は父上に対峙《たいじ》した。

「ほお、時間がかかったな」

「ジーナは辺境伯の元へ急遽《きゅうきょ》嫁がせましたが、あそこも人身売買に手を出していたので、ついでに辺境伯もろとも纏《まと》めて捕らえました」

「辺境伯は幼児愛好家だ。わたしの勧めたジーナを嫁として娶《めと》ったのもわたしからの疑いの目を逸《そ》らすためだろう」

「たぶん、王家が疑いの目を向けているといち早く気づき、この国では大人しくしていましたからね。その代わり辺境の隣の国の子供達を売買していましたからね。なかなか尻尾を出しませんでしたが、今回『影』がピッタリと張り付いて全ての証拠を押さえました。取引場面を押さえられたのは、あのジーナが嫁いで、辺境伯のところで我儘《わがまま》し放題で暴れ回ったおかげですかね。辺境伯もジーナには手を焼いていましたからね、おかげで隙ができてこちらとしては助かりました。ジーナも処刑される前にいい仕事をしてくれました」

「……ではブルーゼ公爵の件は全てお前に任せよう。……ところでバーグル公爵からオリエのことで話したいと先触れが来ているのだが……さて、どうするかの？」

「……オリエは離縁しません。ジョセフィーヌを離縁します。父上は俺がオリエを愛しているのをわかっていて無理やりジョセフィーヌを側妃として娶《めと》らせましたよね？　俺が手を出さないとわかっていましたよね？　父上は彼女とあの騎士のことを知っていたのですか？」

「ジョセフィーヌの母親はわたしの妹だ。アレがわたしに最初で最後の願いとしてジョセフィーヌを助けてほしいと頼んだんだ」

「彼女の母親はジョセフィーヌが俺に嫁いですぐに亡くなりましたよね？　ジョセフィーヌはしばらく泣き暮らしておりました」

「妹は父の庶子だったんだ。侍女に手を出して孕《はら》ませ、妹は親子で市井《しせい》で平民として暮らした。わたしが妹の存在を知ったのは父上が病床に臥《ふ》した時だった。父上がわたしに妹がいることを話したんだ。死ぬ前に会いたくなったのだろう、住んでいる場所も知ってはいたようですぐに父上に会わせることができた。本人は王族として暮らすことに興味すら示さなかった」

父上はそう言って静かに目を伏せた。

「だが父上は、隣国の侯爵家に妹を嫁がせるように手筈《てはず》を整えていたんだ。妹は嫌がったが、たいして抵抗もできずに嫁いだ。父上なりの娘への愛情だったのだろう、本人にとっては迷惑な話なのだが。でも妹は夫に大事にされて幸せに暮らしていた。ただ、自分の娘のジョセフィーヌが騎士と結婚したいと言い出した時、妹は自分が死ぬ前になんとかしてやりたいと思ったようだ。自分は無理やり嫁がされたから、せめて娘には好きな人に嫁がせてやりたい、とな」

「なるほど、俺なら確かにオリエしか見ていないから、いくらジョセフィーヌを側妃として娶《めと》っても手は出さないと思ったのですね？」

「まあ、手を出そうにも、ジョセフィーヌのそばには彼女の愛する騎士がいるから、お前の方がやられていただろうな？」

「ジョセフィーヌの父上の侯爵は、反対しなかったのですか？」

「妹の亡くなる前の頼みだったから、了承するしかなかったのだろう。身分違いの恋は自国では暮らすには無理があったのだ。隣国は身分による差別がかなり酷いからな、平民と貴族令嬢が結婚するなどありえない」

「だから俺の側妃に？」

「まぁ、一年くらいで離縁させるつもりだった。お前がオリエに対してきちんと妻として接さないからこんなことになったんだ」

「どうして俺とオリエに教えてくれなかったんですか？　そうすればここまで拗《こじ》れなかったのに」

「ならばお前はどうしてオリエに愛していると伝えない？　ジーナがお前に執着していることも、ジーナやブルーゼ公爵がオリエの命、そして王太子妃の座を狙っていることも話そうとはしなかっただろう？　それにジョセフィーヌと仲良くしてオリエを傷つけたのはお前自身だ」

「……俺は……オリエを愛しています。でも彼女の前ではどうしても素直になれない。自分に非があるからまともに顔を見ることができませんでした。ジョセフィーヌとの関係はジーナの件もありましたが、嫉妬してほしいという愚かな考えがあったことも確かです」

「わたしはオリエとお前を結婚させたことを後悔しているんだ、だからオリエには離縁させてやりたい。お前に無理やり側妃を娶《めと》らせた理由はそれだ」

「ジョセフィーヌを守り、オリエを解放するためにですか？」

「お前が今までしてきた結果だろう？」

「………………」

俺はオリエを諦めるしかないのか？

◇　◇　◇

お母様に離縁をお願いしてから数日、忙しそうにしていたアレック兄様が屋敷に顔を出した。

「兄様！　ずっとお忙しかったのですか？　手合わせしましょう！」

「またいきなりか？　少しはゆっくりさせてくれ」

兄様はわたしに向かって手をひらひらとさせ、屋敷の中へ入って行った。

「もう、仕方ないな」

オーヴェン様がわたしの隣でクスクス笑いながら言ってくれた。

「では久しぶりにわたしがお相手しましょうか？」

「え!?　ほんと？　嬉しいわ」

オーヴェン様も忙しくてなかなかお会いできないが、わたしが女だからといって手を抜いたりはしない。怪我をしないように気は遣ってくれたが、しっかり打ち負かされる。

「はあ、はあ」

肩で息をしながらわたしは蹲《うずくま》った。

「あー、やっぱりダメね。全部躱《かわ》されるんだもの、オーヴェン様ったら少しはわたしに花を持たせてくれないのかしら？」

「そんなことしたらオリエ様は拗《す》ねてしまわれるでしょう？」

「うーん、でもちょっとでいいから勝ってみたいわ」

「はっはは、まだまだオリエ様に負けるわけにはいきません！」

「どうして？」

「わたしは貴女《あなた》を護る騎士です、負けたら騎士ではなくなります」

「ふふっ、オーヴェン様は子供の頃からわたしの大事な騎士様ですものね」

「はい、今はブルダにその務めを貸し渡していますが、ここに戻ってくるならまたわたしが貴女《あなた》の騎士となりましょう」

「……駄目です！　オリエ様は俺が護っているんですから！」

少し離れた場所で見ていたブルダが慌ててわたしとオーヴェン様の間に入ってきた。

「ブルダの役目もあと少しね。いずれはギルがわたしを護ってくれると思うもの」

「まだまだギルには渡しません！　それにオーヴェン様にもお返しできません」

王宮に居た頃はわたしの存在価値なんてないと思っていた。

でもこの場所は温かくて心がほわっとして、なんだか涙が出そうになる。

オーヴェン様にもう一度礼を言って屋敷に戻ると、アレック兄様を捜した。

扉が少し開いていたので、客間でお兄様と二人で深刻な顔で話し合っているのが見えた。

ノックして部屋の中に入ろうとしたら、中から話の内容が聞こえてくる。

「ジーナが……しょ……される……」

「……殿下も……よ動……出した……」

――ジーナ様？

イアン様の隣で幸せそうに笑っていたあの姿を思い出した。

今はジョセフィーヌ様と仲良くされているけど、学生の頃はいつもジーナ様が横にいた。

わたしはそれをただ遠くから見つめるだけ。イアン様の横にわたしの場所はない。

――吐きそう……気持ちが悪い……もう嫌だ、好きな人が他の女性と仲良くする姿をずっと見つめてばかりだったわたし……

もう忘れたい。この記憶を捨ててしまえばわたしは幸せになれるのかしら？

わたしは、フラフラと扉から離れて自分の部屋へ向かった。

気分が悪い、少し横になりたい。

二階の部屋に向かうため階段をゆっくりと上がる。

「……オリエ？」

後ろからアレック兄様の声が聞こえた。

返事をしないといけない……振り返らないと……なのに体が重い。

それでもなんとか振り返ろうとした時、思わず階段を踏み外してしまった。

「……あっ……」

わたしの体は宙を浮き、そしてゆっくりと落ちて行く。

体中激しい痛みの中、意識を失った。

◇　◇　◇

俺はオリエが屋敷で大怪我したことなど全く知らず、王宮でブルーゼ公爵とその周りの貴族達を集め、証拠を突き出して、罪を暴き立てていた。

真っ青な顔をした公爵達。

脱税に関する裏帳簿はもちろんあるのだが、それぞれの領地での実際の収入も全て調べ上げてこちら側で数字を弾《はじ》き出している。

オリエに盛った毒の入手先も、誰が購入して誰がどこにどう隠していたかも、証人も含めて全て見つけ出した。

かなりの時間を要したが、言い逃れはもうできまい。

「お前達は全員牢に入ってもらう。裁判までゆっくりとくつろいでくれ」

騎士達が抵抗して暴れようとする者達を押さえ込み、ロープで縛って連行する。

ブルーゼ公爵は驚くほど大人しく捕まった。

「何も言わないのだな？」

俺は連行されるブルーゼ公爵に話しかけた。

「ジーナは処刑されるのでしょう？　王太子妃殿下殺人未遂で、そしてわたしも。娘がいないこの世界で、わたしは生きていきたいなどと思いません」

「ジーナが全てか？」

「貴方がジーナを愛して受け入れてくれさえすれば……ジーナは王太子妃の座を欲していたわけではなく、貴方の隣にいたかったのです」

「俺とジーナは、恋人というより、互いに気の合う友達だった。周囲の誤解があったから、だったら卒業までこのままでいようとなったんだ。互いに恋愛感情はなかったから気楽でいいと思った」

「ジーナは本気でした、だからこそ貴方の愛する人を殺そうとしたんです」

「……ジョセフィーヌには何もしなかっただろう？」

「ジーナはわかっていました。ジョセフィーヌ様への愛情はただの演技だと」

「……そうか」

ブルーゼ公爵は静かに微笑《ほほえ》み、俺の前からいなくなった。

◇　◇　◇

階段から落ちた後、気がつくと自分の部屋にいた。

わたしは意識だけはあったが、ベッドで眠り続けていた。

ただ起き上がることも目を開けることもなぜかできなかった。

アレック兄様とお兄様が部屋に来ては謝る。

「オリエ、助けられなくてごめん」

「なんであの時俺は声をかけたんだ、すまなかった」

お母様はわたしの髪を優しく触る。

「オリエ、そろそろ起きる時間ではないの？　わたし達は貴女《あなた》が目覚めるのを待っているのよ」

隣国に嫁いだお姉様もわたしのために帰ってきてくれた。

「オリエはいつもお寝坊さんね。みんな心配しているわ。わたしに貴女《あなた》の可愛い笑顔を見せてちょうだい」

お父様でさえ、なんとわたしに優しく話しかけてくる。

「オリエ、すまない。お前をイアン殿下に嫁がせたのが間違いだった。イアン殿下はお前を愛していると言って婚約解消を頑《かたく》なに拒否したんだ。幸せにすると約束したのにおまえをお飾りの妻にした。理由があってもお前にそれを告げることはなかった。早くお前を連れ戻せばこんなことにならなかった。すまない」

——意味のわからない謝罪だわ。イアン様がわたしを愛していた？　あり得ないわ。

マチルダは毎日わたしの体を綺麗に拭いて着替えさせてくれる。

「オリエ様、今日も綺麗にしましょうね」

その手つきは労《いたわ》りに満ちてとても優しい。時おりわたしの顔にマチルダの涙が落ちてくる。

——泣かないで、マチルダ。わたしは大丈夫だから！

そう言いたいのに声を出すことも目を開けることもできない。

体が動かない。

ブルダはいつも何も言わずにわたしの顔をじっと見ているようだ。

「……オリエ様」

小さくボソッとわたしの名前を呼ぶ。

――ブルダ、ちょっと怖いわよ！

笑いながら言ってあげたいのに……

ギルは毎日学校が終わるとわたしに自分の一日の出来事を話してくれる。

「オリエ様、俺さ、今日テストで三十五点を取って母さんに怒られたんだ」

――もっと勉強しなさい！　ここで話すより教科書を開いた方がいいわよ！

「好きな子ができたんだ、絶対言わないでね」

――うん、話せないから大丈夫。

「父さんが俺の剣術みてくれたんだけど、オリエ様より下手だって言うんだ！　失礼だよな！」

――いや、わたしの方がどうみても強いし、上手だわ！

「なあ、オリエ、早く起きてよ。街探検、オリエ様とじゃなきゃ楽しくないんだ。また屋台行って半分こして食べよう！」

――わたしも行きたい！

アンドラが来ると必ずわたしが立ち上げた職場の子供達のことを報告してくれる。

「少しずつみんなの技術が上がってきましたよ」

「少しですが利益が見込めそうです」

「子供達がオリエ様に手紙を書いたと言って持たされました。目が覚めたら読んであげてください。

みんな字が書けるようになったことをオリエ様に感謝しております」

——子供達に会いたい。自分の名前が書けるようになっただけで嬉し泣きをする子、自慢げに見せてくる子、あの可愛い笑顔に会いたい。

わたしはどれだけベッドで眠り続けるのだろう。

意識はあるのに……全く動けない。

イアン様のことを忘れたいなんて思ったから罰が当たったのか。

何度も診察をしてくれるお医者様とお父様との話を纏《まと》めると……

わたしはいつ目覚めるのか、もう目覚めることがないのかわからないらしい。

そして、こんな状態になってひと月が過ぎたようだ。

初めは朧《おぼろ》げだったが、今では起きている時、意識だけはしっかりとある。

わたしもなんとか動けるようになりたい。

なのに動くことすらできない。

——そう言えばいろんな人がお見舞いに来てくれる中、イアン様の姿はない。

わたしは愛されていたとお父様が言っていたけど、やはり間違いだったのだろう。

——もう離縁は済んだのかしら？　わたしはこれからどうなるのだろう？

みんなに迷惑をかけて生き続けるのならいっそ死んでしまった方がいいのでは？

思うことはたくさんあるのに、体は全く動かなかった。

◇　◇　◇

オリエが屋敷で階段から落ちて大怪我を負ったと連絡が来たのは、公爵達を捕まえたあとだった。

「オリエが？」

俺はやりかけの仕事を途中で放って屋敷へ駆けつけた。

オリエの頭には包帯が巻かれていた。長かった髪の毛は短く切られ、青白い顔で死んだように眠っている。

「……オリエ、ごめん」

何度も本当のことを話すことができたはず、結婚した時にジーナの件について話していれば実家に戻ることもなく、こんな大怪我をすることはなかった。

ジョセフィーヌの事情だって、本当のことを話して協力してもらえばよかったんだ。

全て俺がオリエに対して非があって真実を話す勇気がなかったからだ。

守るなんて言っておきながら傷つけることしかできなかった。

オリエの父のバーグル公爵は、蹲《うずくま》り泣いている俺の肩に手を置いた。

「イアン殿下に来ていただいたのは、こちらをお渡しするためです」

渡されたのは離縁状だった。

「オリエはジョセフィーヌ様と幸せになってほしいと言って、離縁を妻に頼んでおりました。わたし達家族もそれに賛成し、離縁の手続きを始めていたところです。陛下に謁見して許可もいただいております」

「俺は何も聞いていない……ブルーゼ公爵達を捕まえてから、オリエとちゃんと話すつもりだった」

「……遅かったのですよ、何度も言いましたよね？　きちんとオリエと向き合ってほしいと」

「……わかっていた、でも、言い訳ばかりして逃げていた」

まさかオリエが離縁しようとしているとは思っていなかった。

「貴方は王としての素質はあると思います。でもオリエの夫としては最低です。でもわたしも、そんな殿下に嫁がせてしまって真実を告げずにいたので同罪です」

「……オリエの状態は？　いつ目を覚ます？」

「まだわかりません、頭を強く打ち付けてかなりの血が流れました。全身も強く打っています。生きているのが不思議なくらいだと医者に言われました」

「……そうか……今日一晩だけでもここにいることは……無理だよな？」

公爵は首を縦に振った。

「もう二度とオリエには会いには来ないでください。貴方がサインさえしてくだされればオリエは自由になれます。オリエを愛しているなら、どうかもう解放してやってください」

「………………」

俺は何も答えられず、黙って屋敷を後にした。

◇◇◇

わたしはいまだに寝たきりのまま。

意識はあるのに体が動かない。

誰かに伝えたい。わたしに意識があることを。

毎日、朝と晩になるとアレック兄様が会いに来る。

「オリエ……」

わたしとの幼い頃の思い出の話をしてくれる。

現在、アレック兄様はバーグル領で騎士をしているが、子供の頃は同じ王都の屋敷にある敷地内で暮らしていた。

アレック兄様はお父様の弟の息子でわたしの従兄《いとこ》。

叔父様はバーグル領を任されていたが、アレック兄様とその姉であるミルナ姉様は王都の屋敷でお祖母《ばあ》様達と暮らしていたため、交流も頻繁で二歳年上のアレック兄様はわたしを妹のように可愛がってくれた。

でも学園の中等部を卒業すると、バーグル領へ行ってしまった。それからはなかなか会う機会もなくなり、わたしが今回実家に帰ってきてやっとゆっくりと会えたのだった。

一緒によく池の魚を獲《と》って怒られたこと。兄様と同じ服を着たいと泣き、兄様のお下がりの服を着て一緒に剣を振るっていたこと。兄様が学園に通い出してからは寂しくて兄様の行き帰りの馬車に乗り、別れる時にまた泣いたこと。

わたしって兄様っ子だったのよね、大好きでいつもくっついて離れなかった。

王太子妃教育が本格的に始まった八歳の頃は、よく叱られて兄様の元に行って泣いていたわ。

実のお兄様は七歳年上で、優しいし大好きなんだけど、やはり年の近いアレック兄様に懐いていたし話しやすかった。

兄様は眠り続けるわたしの頭を撫でながら、「ごめん」といつも言って部屋を出て行く。

兄様の声はいつも優しい、なのに泣きそうな声で話しかけてくる。

『兄様のせいではないの』

わたしは心の内で兄様に向かって何度も言っているのに、声は届かない。


ある夜、わたしのベッドに突然不審者が現れた。

たまたま護衛騎士達は交替の時間で部屋から離れていたようだ。

「へぇ、本当に眠ったままだ」

気持ち悪い聞き慣れない声。その男はわたしの頬を人差し指で撫でた。

——やめて！　気持ち悪いじゃない！

「ああ、こんなに可愛い娘なのにな。殺すにはもったいない」

——殺すですって？

「さあ、誰か来る前にしっかり依頼の仕事をしないといけないな。胸を刺されるか、首を切られるか、どっちがいい？」

――返事ができないわたしに何を聞いているの？　どちらも嫌よ！　死ぬならこのままゆっくり自然に死にたいわ。

わたしは動かない体をなんとか動かそうと必死になった。

せめて声だけでも！　何か方法はないの？

「恨むならあんたを何度も殺そうとした依頼主を恨むんだな、まあもう依頼主は処刑されるけど、それでもあんたを殺そうとするなんて女の執念は怖いよな」

――わたしを何度も殺そうとした？　そんなことされた覚えはないのに？

そ、それよりもわたしは殺されてしまうんだ……

「ぐあっ」

――えっ？

「オリエに何をするんだ！」

――この声は？

「オリエ、大丈夫か？」

「……ん……」

――あ、声が……！

ぼやけてはいるが、微《かす》かに目が開いた。

「……イ、ア……ン……ま……？」

——信じられない、もう二度と会うことはないと思っていた人が目の前にいた。

後ろから兄様やお兄様、護衛騎士達が慌てて入ってきた。

「オリエ!?」

「オリエ様！」

わたしを殺そうとした男は騎士に羽交い締めにされて倒れていた。

わたしは微《かす》かに動く頭をお兄様達に向けて動かした。

——どうしてここにイアン様がいるの？

だけどまだ話すことはできない。

お兄様が呟《つぶや》いた。

「本当にイアン殿下の言うとおりだった」

「間に合って良かった」

イアン様はわたしのベッドの横で跪《ひざまず》いて泣いていた。

お兄様は体を震わせながら拳を握りしめている。

「お前の命が狙われていると、イアン様が突然屋敷に押しかけてきたんだ……まさかと思いながらも部屋の前まで来た。護衛騎士は交替のための申し送りを扉の外でしているし、今誰も部屋にいないとわかって慌てて部屋を開けたら……オリエが短刀で殺されかかっていたんだ」

——うん、確かにもう死ぬんだと覚悟したわ。でもどうして、イアン様にそれがわかったのかしら？

◇　◇　◇

バーグル公爵から離縁状を渡されて二週間後、離縁は承認された。

そのあと、ジョセフィーヌも離縁した。

ジョセフィーヌは、恋人の騎士と共に王家が持っている王都から遠く離れた田舎街で静かに暮らすことになった。

「イアン様、わたしのせいですみませんでした。ご迷惑をおかけいたしました」

ジョセフィーヌは俺がオリエに離縁された原因の一つは自分にあると何度も謝った。

原因は全て自分自身だ。俺がオリエと向き合わなかったからだ。

陛下は俺に一言。

「お前はオリエと話し合う機会はいくらでもあったはずだ。諦めろ」

俺は何も言い返せなかった。

執務室に帰ると、ブライスは痛ましいものを見るような目をして言った。

「殿下、さあ仕事をしましょう」

机の上には山積みの書類があった。ブライスに頷《うなず》く。

「さあ、仕事だ」

言葉だけは勢いがあるが、その声は思いのほか弱々しかった。

俺は黙々と仕事をするしかなかった。

ジーナ達の事件の報告書も書かなければならない。

オリエに離縁されてからはひたすら政務をこなした。

それしか俺には時間を紛らわせることができなかった。

ブルーゼ公爵とジーナ、バルセルナ辺境伯、それからその周りの貴族達の罪を書面に纏《まと》め、報告書も書かなければいけない。


数日が経《た》ち、ブライスをはじめ、側近達と書類を纏《まと》めている時にジーナについて話し始めた。

「今日がジーナ様の処刑の日ですね」

「ジーナ様はオリエ様を何度も殺そうとしましたが失敗していますよね？　あの執念は流石《さすが》に怖いです」

ブライスがジーナの報告書を見ながら呟《つぶや》いた。

「女の執念って恐ろしいですよね」

「ジーナ様はどこの組織に頼んでいたのですか？」

報告書を纏《まと》めるために来てもらっていた新人が不思議そうに聞いてきた。この者はつい最近側近になったばかりだ。

「公爵クラスになると『影』を何人か持っている。その中には暗殺を得意とするものもいるんだよ」

ブライスが苦笑いしながら言った。

「え？　では公爵家が？」

ブライスは余計なことを言うなと思いながら、俺は答えた。

「ジーナは公爵家の者は使っていないよ。もし暗殺者が捕まったら公爵家に累が及ぶからね。使ったのは戦争で敗れた国の『影』達だよ。あいつらは高額な金さえ払えば、喜んで誰でも殺す集団だからね」

「どうしてわかったのですか？」

「ジーナは口を割らなかったが、父の公爵が最後に口を割ったんだ……」

「それはなぜ？」

「……自白剤だよ」

ブライスは顔を顰《しか》めた。

「ジーナ様には流石《さすが》に可哀想で、飲ませはしなかった。代わりに公爵が飲んだんだ」

「……王太子妃殺害未遂ですもんね……」

公爵家から押収した書類をパラパラとめくりながらブライスは話していたが、突然固まった。

「イアン様、これ、見てください！」

それは公爵家から押収した書類の中の一枚だった。

『契約書』と書かれた紙。そこには、「もしジーナが処刑される時はオリエをその日に殺害すること」と書かれていた。

まだまだ完全に目を通せていない大量の書類があるのに、なぜかその紙が目立つ。

見つければ止められるかもしれない。

見つけられなければそのまま。

いずれは捕まることがわかっていて、公爵かジーナが処分せずにわざと残しておいたのだ。

処刑は……あと数時間後だ。

「オリエの屋敷に行ってくる！」

「わたしも行きます！」

ブライスも俺の後を追った。

「何人か騎士達もついて来てくれ！　俺は先に馬で行く！」

俺はいつでも乗れるように準備された馬に跨り、叫んだ。

ブライスと共にオリエのいる屋敷へ馬を疾走させて向かう。

バーグル公爵の屋敷の門で護衛に足止めされた。

「すみませんが、イアン殿下を通すわけにはいきません」

「うるさい！　オリエが殺されるかもしれないんだ！　退いてくれ！」

「こ、殺されるとは？」

護衛は驚いて叫んだ。

「退け！」

俺は護衛を振り払って中に入っていった。

屋敷の扉を開けるよう、扉前の護衛に命令すると「お待ちください」と、また止められる。

「いい加減に邪魔するな！　オリエは無事か？　殺し屋が来るかもしれないんだ、頼むから退いてくれ！」

大きな声で怒鳴ると、護衛は俺の剣幕にビクッとして扉を開ける。

俺の声を聞いたライルとアレック、そして公爵が廊下に現れた。

「なぜ殿下が？」

「ジーナの処刑の日にオリエを殺害するように依頼した契約書を見つけたんだ！　頼む、オリエが無事かどうかだけ知りたい！」

俺はそれだけ言うと走ってオリエが眠っている部屋へ階段を駆け上がった。

オリエの部屋の前には護衛達が数人立っている。

「退け！」

――どうして部屋の外にいるんだ！　中はどうなっている！

扉を開けて中に入ると、見知らぬ男がオリエを短刀で刺そうと腕を振り上げていた。

「ぐあっ」

俺は男の顔を殴りつけた。

「オリエに何をするんだ！」

男が怯《ひる》んだ隙にお腹を蹴り上げ、オリエから遠ざけた。彼女のベッド横に駆け寄る。

「オリエ、大丈夫か？」

「……ん……」

今まで反応がなかったはずのオリエから声が聞こえた。

そして微《かす》かに目が開く。

「……イ、ア……ン……ま……？」

後ろからライルやアレック、護衛騎士達が慌てて入ってくる。

「オリエ!?」

「オリエ様！」

オリエを殺そうとした男は騎士に羽交い締めにされて倒された。

微《かす》かに頭を動かしたオリエは眉根を寄せている。

ライルが呟《つぶや》いた。

「本当にイアン殿下の言うとおりだった」

俺はホッとしてオリエのベッドの横で跪《ひざまず》く。いつの間にか涙が頬を濡《ぬ》らしていた。

「間に合って良かった」

オリエの目を見つめ、ライルがそっと話しかける。

「お前の命が狙われていると、イアン様が突然屋敷に押しかけてきたんだ……まさかと思いながらも部屋の前まで来た。護衛騎士は交替のための申し送りを扉の外でしているし、今誰も部屋にいないとわかって慌てて部屋を開けたら……オリエが短刀で殺されかかっていたんだ」

オリエは、わかっているかのように俺を見た。

◇　◇　◇

――うん、確かにもう死ぬと覚悟していたわ。でもどうして、それがイアン様は知ったのかしら？

そんなことをボーッと考えながらみんなを虚《うつ》ろな目で見ていたら、

「オリエを殺す計画が見つかったんだ。だから急いで屋敷にやって来た」

――ふと暗殺者の男と目が合った。

ニヤッと笑って頭を掻《か》いたと思ったら、取り押さえた騎士の肩に手をやる。ボキッと鈍い音がした瞬間、騎士を蹴り上げてあっという間に開いていた窓から逃げ出した。

――あっ……

男があまりにも素早くてみんな呆気《あっけ》に取られた。

――あんなに速く動ける人が簡単に捕まるかしら？　殺しを失敗するはずがない。

わたしは少しずつ体が動かせるようになってきた。手に紙が握らされていると気づく。

「に……い様……起こして…………」

近くにいたイアン様にお願いせず、兄様に体を起こしてもらった。

わたしは震える手でその紙を広げる。さっきの男からだと思われる手紙だった。

ジーナ様からわたしを暗殺するように依頼が何度もあったこと。

ただし必ず失敗するように依頼していた。

ジーナ様が処刑されるので、今回が最後の依頼となること。

それから「俺の親切で君の体が動くようにしておいた」と書かれていた。

確かに……彼は短刀を振り上げる前、わたしの体によくわからない針をいくつも刺した。あれがわたしの体を動かせるようにしてくれたの？

「お……兄……様、兄様、イア……ン様この……手紙を……」

わたしは三人に手紙を渡した。

みんなが紙を読んでいる間、体が少しずつ軽くなるのがわかった。

「お……兄様、ジーナ様……は処刑……される……のですか？」

「オリエには何も知らせていなかった……」

お兄様は一言呟き、眉を顰(ひそ)めた。

◇　◇　◇

「人払いを」

俺はライルとアレック、そして公爵だけを部屋に残した。

「この手紙を読む限り、もうあの暗殺者はここに来ることはないだろう」

ジーナは本気でオリエを殺すつもりはなかったのだ。

91　そんなに側妃を愛しているなら邪魔者のわたしは消えることにします。

絶対に依頼を成功させる「影」がここまで失敗したことを俺は不思議に思っていた。

もちろんこちらもオリエに「影」を付けて護ってはいたが……

今回の契約書もあまりにもわかりやすい場所に入っていた。

罠かもしれない。それに最後は本気かもしれないと思い、俺は慌てた。

そして捕らえる時にあの男は俺の耳元で囁《ささや》いた。「遅かったな、だが、ありがとう」と。

ありがとうの意味は？

俺はジーナを処刑するつもりはなかった。

いや、対外的には今日処刑されたことになっている。

その死体は袋に包まれ、今日の夜、墓場に埋められる。

しかし実際埋められるのは別に処刑された囚人の遺体だ。

ジーナは秘密裡《ひみつり》に国外へ追放される。彼女を引き取ったのはジーナの叔母で、他国の侯爵家に嫁いでいる。この話を進めるのにかなりの時間がかかった。

ジーナの父親はかなり悪行を働いていたので情状酌量の余地はない。しかしジーナはオリエの暗殺計画を立てていても不審なところが多かった。実際は父親が計画し、ジーナは別の暗殺者に依頼して父親の計画を横取りさせ、そのうえで阻止していたのだ。

暗殺をわざと失敗させていた。

調べれば調べるほど、ジーナはオリエを殺そうとしているようには思えなかった。

だが確定もできなかった。だから辺境伯に嫁がせたのだ。辺境伯の元にいれば父親である公爵と接触できない。もちろんアレは変態で通っている。

強引に嫁がせた反面、まだ婚姻届が受理されていないからと護衛を置き、ジーナは別邸に住まわせて辺境伯が手を出せないようにした。

そのあとジーナは辺境伯と共に捕縛《ほばく》された。

ジーナ自身が「影」に暗殺を依頼した証拠もあり、本人も自白したため処刑が言い渡された。

だが、どう調べてもジーナはオリエを本気で殺そうとしたようには見えなかった。

事件解明を進めていくうちに、また異なるオリエの暗殺計画が判明した。

ジーナの父親の依頼したものだ。

二つの暗殺計画……表に出ている暗殺計画の犯人はジーナ。

ジーナが依頼したのは確かだが、どう見ても父親を庇《かば》っている。

何度かジーナを取り調べたが、本人は「わたしが依頼をしたの、殺してやりたかった」と繰り返すだけだった。

そんな折、公爵に自白剤を使った。朦朧《もうろう》とした彼は、オリエの暗殺計画がなぜか毎回失敗していると自白した。

その時初めてわかったのが、ジーナが父親を庇《かば》いつつもオリエを助けていたという事実。だが助けるために暗殺計画を立てていたことも確かだ。ジーナに対する処刑は止められなかった。

だからジーナの叔母に事情を説明して助けを求めた。この叔母はジーナを幼い頃から可愛がり、母親のような人だと聞いていた。だから助ける協力をしてくれるかもしれないと思ったのだ。

今日、処刑は実行され、ジーナという公爵令嬢は死んだ。

これからは他国で全く違う人間になり、生きていく。

本人はそれを受け入れるのか、受け入れられないのか……俺にはわからない。

だがオリエの命を守ってくれたジーナに俺ができるのはこれくらいだ。

今回の暗殺依頼もジーナが阻止するために、この暗殺者に依頼したようだ。父親が依頼した暗殺者を始末したらしく、庭には遺体が転がっていた。

ジーナが依頼した暗殺者は、オリエに何かを施して目覚めさせた。

俺はジーナと学生の時に仲良くしていた。彼女の気持ちも知らないでお互い気楽な付き合いで楽しければいいと思っていた。ジーナの気持ちなど知ろうともしなかった。

そして、オリエに対しても恋心を拗《こじ》らせて真実を伝えず、オリエを守りさえすれば後で言い訳すれば大丈夫だと思い込もうとした。本当はもうダメなこともわかっていたのに……

俺はジーナの顛末《てんまつ》をここだけの話として全て伝えた。

◇◇◇

イアン様にジーナ様の話を聞いた。

ジーナ様はわたしの命を助けるために父親の暗殺計画をつぶしながら別の暗殺計画を立て失敗したように見せかけていた。そしてそのジーナ様の計画を阻止し守ってくれていたのがイアン様の

「影」だった。ジーナ様は本気で殺す気はないけど、わたしを殺そうとしていたということ？

よくわからないけど、とりあえずみんなが護ってくれたと納得することにした。

ジーナ様は処刑されず命だけは助かったと聞いてホッとした。

でもこれからの人生はとても大変かもしれない。そう思うと胸が痛くなる。

そして、わたしとイアン様の離縁が成立していたこともお兄様が教えてくれた。

「オリエが眠り続けている間に、イアン殿下とオリエの離縁は成立している」

「……イアン様、お役に立てないままお別れすることになり、申し訳ありません。お世話になりました」

イアン様が一度も会いに来なかった理由はこれだったのだ。

でも離縁は自分が望んだこと。

まだイアン様の顔を見るのは辛いけど、いつかはいい思い出になるだろう。

「ジョセフィーヌ様とお幸せに過ごされてくださいね」

わたしは笑顔で言えただろうか？

まだ目覚めたばかりで思うように体が動かない。まともに笑顔が作れているだろうか？

イアン様の「……あ、ああ」と、低くてかすかに震える声。

これ以上話すことができなかった。やっぱり、今はイアン様を見るのが辛い。

「お兄様、わたし……まだ本調子ではないみたい、休んでもいいかな」

お兄様に話しかけた。

「目覚めたばかりだからまだ体がキツいだろう。ジーナ様の件はここだけの話。俺達は全て忘れる。オリエもゆっくりと眠るといい」

「……イアン様、今まで本当にありがとうございました」

わたしは最後の挨拶をしてそのまま毛布に潜り込む。

イアン様が今どんな顔をしているのか、全くわからなかった。

◇◇◇

オリエに「ジョセフィーヌ様とお幸せに過ごされてくださいね」と言われた時、頭の中が真っ白になった。オリエは眠り続けていたので、俺がジョセフィーヌと別れたことを知らないのだ。

まだ本当のことを伝えていない、そう思ったが今更言い訳は必要ない気もする。

オリエは真実を知ることを望んでいるのだろうか？

伝えずにいるべきなのか？

いや、だが、オリエに謝罪も真実も伝えないままなら、彼女は自分が必要とされていないと思い続けて生きることになる。

それでも目覚めたばかりのオリエに、これ以上長い話はできなかった。

「イアン殿下、ジーナ様の顛末《てんまつ》は全て聞かなかったことにいたします。そしてオリエの命を助けようとしていただいたこと、感謝いたします」

バーグル公爵に頭を下げられた。

「……公爵、オリエともう一度だけ話す機会を作ってもらいたい」

「オリエは目覚めたばかりです。あの子の状態を見て、話しても大丈夫だと確認できればご連絡いたします」

公爵の、この物言い。了承したようで実はいつになるかはわからないぞと言っている。

だが離縁しているのに無理やり押しかけた俺は、これ以上何も言えない。

「……頼んだ。では……帰るよ」

俺は後ろ髪を引かれる思いで公爵家をあとにした。


「ブライス、オリエが目覚めただけで、もういいんだよな」

仕事を放って出たため、今日の仕事はまだ終わっていない。

俺は執務室で夜遅くまで残り、仕事を片付けながらブライスに言った。

彼は俺に付き合い、残ってくれていた。

「オリエ様に全て話さなければいけないのでは？」

「俺もそう思ってはいる、言い訳ではなく。君は真実お飾りではなかった、君を傷つけてすまなかった、と……だが公爵は俺をオリエに会わせるつもりはなさそうだ」

「まぁ、娘を傷つけた元夫と会わせたいとは思いませんよね」

「そうだな、今更愛していたなんて伝えてもオリエは戸惑うだけだろう。だから……もし会うことができたら、謝罪と経緯だけ話して俺の気持ちは伝えないでおくつもりだ。オリエの命を助けるためで、ジョセフィーヌとは何もなかった、ただのフリだったと」

「……殿下は馬鹿ですよ、最初から素直に愛していると言えばよかったのに……あの頃は……年の差が、若過ぎた殿下を拗《こじ》らせてしまいましたね」

ブライスは溜息《ためいき》を吐《つ》きながら俺を見た。

どうしようもない弟を見るような眼差しだった。

◇　◇　◇

イアン様が部屋から出て行ったあと、わたしはまたベッドの上で体を起こして窓の外を眺めていた。

少し経《た》ってからお医者様が診察に来た。

「オリエ様、お体は動きますか？」と聞かれたので、ゆっくりと動かそうとする。

「……あ……思うように動かない」

手や首は動かせるのに、まだいつものようには体を動かせない。

「ずっと眠り続けていたので筋力が弱っていると思われます。しばらくは体を動かす練習から始め、徐々に歩く練習もいたしましょう」

「……わかったわ、少しずつ頑張るわね」

「オリエ様、目覚めたことは奇跡です、無理せずゆっくりと頑張りましょう」

お医者様の言葉を聞いてこくりと頷《うなず》いた。

新しい人生が今、始まった気がした。

イアン様についてまだ心の整理はできないけど、もう過去に囚《とら》われないで前に進もう。

今は体の自由を取り戻すことが優先だ。

ままならない体——話すことはできる。首も動くし、まだ力は入れにくいけど手も動く。

でも立ち上がろうとしてもできない。

ううん、立つことすらできない。

このまま車椅子の生活になるのだろうか？

本当は早く体調を元に戻して市井《しせい》で暮らしたいのに、このままではみんなに迷惑をかけるだけ。

気持ちに体が追い付かず、焦っていた。

マチルダは朝晩、わたしの体を動かして筋肉が固まらないようにしてくれる。

ブルダは車椅子の乗り降りを手伝ってくれる。

ギルは車椅子を押して散歩に連れ出してくれる。

「いつも迷惑をかけてごめんなさい」

最近はみんなに謝ることしかできない。そんな自分が惨めで悔しい。

「オリエ様、ごめんなさいより、ありがとうと言ってくださる方が嬉しいです」

マチルダはそう言って笑う。

「うん、わかったわ。マチルダ、いつもありがとう」

ひと月以上眠り続けた体は思った以上に筋力が衰えていた。

さらに階段から落ちた時に左足首を骨折したようで、まだ歩くこともできない。

骨折と筋力低下で下半身は鉛のように重たい。

今、わたしにできることは、早く体力をつけて体を元気にすること。

落ち込んだ時は作業場で働く子供達からの手紙を読んで励まされている。

元気になったらまたみんなに会いたい。

字や算術くらいならこんな状態のわたしでも教えてあげられる。

――今度会いに行こうかしら？

わたしはお母様に許可をもらえるか尋ねた。

お父様は相変わらずお忙しく、なかなか顔を合わせる時間が取れない。

お兄様は反対はしないかもしれないけど、心配しすぎて護衛を大勢付けて大事になりそう。

お母様ならそこまで厳しくは言われないだろうと思った。

「オリエが屋敷に引き籠もるよりはいいと思うわ。でもね、護衛は付けさせてもらうわよ、それが嫌なら外に出してあげられないわ」

やはりお母様からも簡単には許可を出してはもらえなかった。

「はい、みんなに迷惑をかけるのなら諦めます」

――もう迷惑はかけたくない。わたしがお飾りの妻なんて思って落ち込んでいる間、他の人達はわたしを守ろうと必死になっていた。

イアン様が愛情はなくてもわたしを助けようとしてくれていたとわかった。

もうこれ以上、周りに迷惑はかけられない。

「オリエ、貴女《あなた》は何か勘違いをしているようね？　我が家の騎士達は貴女《あなた》を護ることを迷惑だなんて思っていないわ。みんな喜んで護衛したいと手を挙げるでしょうね」

「お母様……よろしいのでしょうか？　わたしが外に出ても……」

「もちろんよ、ただし貴女《あなた》を抱き抱えて移動するのはブルダだけよ。彼が貴女《あなた》の専属の騎士なのだから、他の人にはさせられないわ。何かあってオリエが傷つくと困るから」

確かにわたしが誰にでも抱き抱えられれば、周りから好奇な目で見られる。

ブルダなら幼い頃からずっと護衛騎士としてついていてくれているし、周知されている。

家庭を持ち、家族を大事にする人なので、わたしといても醜聞は立たない。

「はい、では外に出てまいります」

お母様から許可をもらった数日後、子供達に会いに市井《しせい》へ向かった。

◇　◇　◇

オリエの状態は、一応俺に報告が来ている。

離縁したとはいえ、俺は命の恩人だ。

だから、オリエの現状を知らせてほしいという願いだけは聞いてもらえた。

ジーナのことは別にしてブルーゼ公爵家はオリエの命を狙っていた、それを護っていたことに関してだけはバーグル公爵から感謝されている。

俺はそこにつけ込んでオリエの様子を聞いている。

そうでもしないと公爵家は俺を拒絶するからだ。

オリエを諦めるしかないのはわかっているが、目覚めたばかりのオリエが今どうなっているのかくらいは知りたい。しかし俺の次の妃の話がもう出始めた。

ブライスはどこから情報を得てきたのか、突然俺に言った。

「イアン様の王太子妃候補の名前が上がり始めました」

「まだ離縁して二月ほどなのに、早すぎるだろう！」

俺は頭を抱えるしかなかった。

離縁すればいつかは次の妃を娶《めと》らなければいけないとわかってはいた。

だが俺の中で諦めがついていない。せめて自分の中で気持ちの整理をつけないと前には進めなかった。

オリエに罵倒されても全てを伝え、謝罪をしない限り妃を娶《めと》るなんて考えられない。

いや、本当はもう妻なんていらないんだ。

「はあ……、その話はどこから聞いてきたんだ？」

「城内の至る所でまことしやかに囁《ささや》かれていますよ」

「父上からの話ではないんだな？」

「もちろんです、陛下からのお話ならばもう殿下は呼び出されて無理やり婚約させられているでしょう」

「そうだな、あの方はそういう人だ」

俺はオリエ以外を愛することなんてできるのだろうか？　それこそまた相手を傷つけてしまうだけだ。

これ以上気持ちを乱さないよう、今日もひたすら政務をこなす。

何度も公爵家にオリエとの面会の申し込みをしたが、まだ歩くことがままならない娘に会わせるわけにはいかないと断られ続けた。

父上には「オリエとは離縁となりましたが、最後に彼女と話をするまでは再婚は考えられません、話は進めないでほしい」と告げた。

「お前はオリエに会って言い訳でもするのか？　あの子は不自由な体でも明るく前を向いて頑張っているんだ。もうお前が関わるのはやめなさい」

「陛下……いえ、父上。俺はまだオリエに謝っていません。自己満足かもしれませんが、改めて謝りたいのです、たとえ許してもらえなくても」

「……わたしからは何も口添えするつもりはないぞ。誠意をみせれば会えるかもしれない。あとはお前次第だ」

いつもは俺に絶対的な態度で口答えさせない。なのに、父上は珍しく許してくれた。

俺は執務室に戻り、机上にある大量の書類を見て大きな溜息《ためいき》を吐《つ》きながら「さあ今日も頑張ろう」と呟《つぶや》いた。

◇　◇　◇

ブルダとマチルダ、それにギルもついてきて子供達のところへ久しぶりに向かった。

まだ一人で歩けないわたしは車椅子に乗る。

車椅子が使えない場所ではブルダが抱き抱えてくれることになった。

もちろん他の騎士達も護衛につく。

作業場に着いて、驚いたのはみんなの仕事っぷりだった。

始めた頃はぎこちなくて上手く作れなかった小物も、手際よく作っている。

刺繍《ししゅう》を刺すのもわたしよりも上手だ。

通い始めた子達のために年上の子達が教育当番を決め、何人かが指導している姿もあった。

わたしが感心しながら様子を見ていると、一人の子供が走り寄ってきた。

「オリエ様、車椅子の乗り心地はどうですか？」

「とても安定していて座りやすいわよ」

乗り心地を聞かれて少しキョトンとする。

するとアンドラがわたしのそばに来て説明をしてくれた。

「寝込まれている間、子供達が『もしオリエ様が目覚めたら、車椅子を必要とされるかも』と言い出したんですよ」

「どうしてそんな風に思ったのかしら？」

「子供達の中に、母親が倒れ、寝込んで目が覚めたらやはり動けずに車椅子生活をした経験のある者がいたんですよ」

「まあ、それは大変ね」

「それで車椅子の調子が悪いと自分で修理するらしくて、自分で作れればいいのに……と言い出したんです。市井ではまだ病院に行く余裕がなく、体を壊す人や働けなくなる人も多い。歩くのが不自由になる人もいます。車椅子をなんとか手に入れても、壊れたらもう買い直す余裕なんてありません。そのせいでベッドで一生を過ごすしかない人も多いのです」

アンドラはやるせない顔をして続けた。

「それで、もっと安価で車椅子を作れるようになりたいと、子供達の何人かが職人に弟子入りしたんです。オリエ様の車椅子はその職人が作ったんですよ。もちろん子供達はまだ作れませんが、ほんの少しだけでも手伝い、心を込めて作ったんです」

「そうだったの。この車椅子はみんなの気持ちが込められていたのね。それにみんなからお手紙もたくさんもらったわ。本当にありがとう」

胸がいっぱいになって子供達にお礼を告げた。

「オリエ様が元気になったら、また一緒にお話や勉強を教えてほしいです」

105　そんなに側妃を愛しているなら邪魔者のわたしは消えることにします。

よく一緒に刺繍《ししゅう》を刺した女の子に声をかけられた。

「ありがとう、早く元気になって以前のようにみんなに会いに来たいわ」

それから何か所か作業場を回った。

わたしが顔を出していない三か月くらいの間に子供達は立派に成長していた。

新しいことを教わるとそれをどんどん吸収し、すぐにでも自立できそうな子もいた。

歩みの遅い子もゆっくりと前へ進んでいる。

みんなの頑張る姿にわたしも勇気をもらった。

お医者様から歩けるようになるが、辛いリハビリが続くと言われたことを思い出した。

でも甘えずに早く歩けるようになってまたここに来たい。

「今度は歩いて会いに来るから」

わたしは子供達と笑顔で再会の約束をした。

「マチルダ、わたし頑張るわ。歩けるようになりたい」

「オリエ様、一緒に頑張りましょう」

わたしはそれから少しずつ立つ練習をした。

まず歩行に使用する筋肉を取り戻すよう、ストレッチをする。

マチルダもわたしのためにマッサージの仕方を習った。

「この仕事はわたしが行います。他の方にオリエ様を触らせるわけにはいきませんので」

そう言って毎日丹念に揉《も》んでくれた。

リハビリ生活はキツかったけど、何も考えずに過ごせた穏やかな日々でもあった。

そのおかげでゆっくりだけど歩けるようになってきた。

「ギル、そろそろ約束の街へ行こう。あ！　そう言えばギルがお見舞いに来てくれた時の話、全部聞こえていたのよ」

わたしはそう言ってにっこりとギルに微笑《ほほえ》む。

「え？　ええ？」

ギルは焦った顔であたふたしている。

「ふふ、マチルダにもブルダにも話していないから大丈夫よ。それで、好きな女の子とはどうなったの？」

「……恥ずかしくて顔を見て話せない。つい意地悪しちゃうんだ」

ギルはシュンと肩を落とした。

「素直に好きだって言えないのね。せめて優しくしてあげないと勘違いされちゃうわよ」

「わかってるんだ、でも目の前にいると緊張してパニックになる。ついツンと気取って無視して、他の子と仲良くしてしまうんだよ」

「あー、わたしにはよくわからないけど、それって一番ダメなやつだよね？」

「……ぐぅっ、やっぱり？」

「わたしだったら嫌だな、好きな人がそんなことしたら」

「だから、殿下はダメダメなんだね？」

「え？　イアン様が？　何？」

「知らない！」

ギルは「出かける用意をしてくる！」と言ってわたしの前から去っていった。

――イアン様……わたしもイアン様の姿をいつも追いかけていた。

愛してもらった記憶はないけど、優しくしてもらった思い出はたくさんある。

物心がやっとついた三歳の時にイアン様の婚約者になった。それからはずっと、わたしにとっては将来結婚するお方。

優しい笑顔でわたしと手を繋《つな》ぎ王宮の庭を散歩したり、一緒にお茶を飲んだりする時は、いつもドキドキしていた。

わたしのことは妹のようにしか思っていないとわかっていた。

どんなにイアン様に恋していても妹としか見てもらえない。

彼のそばにいる人達はわたしなんかより綺麗で大人。どんなに努力をしても勉強を頑張っても、年の差を縮めることだけはできない。

イアン様が十三歳になると八歳のわたしは相手にすらされなくなった。

困った顔をして笑われ、会話もなかなか噛《か》み合わない。

会う時間も減り、わたしが中等部に入学した時にその理由と現実を突き付けられた。

ジーナ様と仲良くする姿、楽しそうに笑い合う姿。

わたしは二人に声をかけることもなく、遠くで見つめるだけだった。

彼らの目に映ってはいけないと、まるで物陰に隠れるように過ごした。

とても悲しくて惨めだった。

王太子妃教育で忙しくて友人もあまりできない。一人でいることが多いわたしに比べ、イアン様はいつもたくさんの人に囲まれ、好きな人と一緒にいた。

その姿を見るたび、わたしの心は少しずつ壊れていく気がした。

わたしが十五歳になるまでは何度かお父様にイアン様との婚約を解消してもらうようお願いした。けれど決して聞き入れてはもらえなかった。

もちろんわたしだって、王族に婚約解消を願うなどもっての外だとわかっていた。

でもイアン様には愛する人と幸せになってほしかった。

妹としか見られないわたしと結婚するよりも、ジーナ様と結婚する方が幸せだと思った。

二人が卒業と同時に別れたと知ったのはわたしとの結婚が正式に決まった頃だった。

友人の少ないわたしの耳には噂すら入ってこなかった。

だから二人がお別れしたことを知らないまま、お父様になんとか婚約解消させてもらえないかと懇願していたのだ。

結局はイアン様と結婚した。

そう、最初からわかっていた。わたしはお飾りの妻なのだと。

でも優しくしてくれた。

抱いてはくださらなかったけど、邪険に扱われたことなどない。

妻としての役割はいただけなかったけど、王太子妃としての仕事はさせてもらえた。

政務もこなしたし、孤児院や病院の慰問なども行った。

両陛下に「子はできないのか？」と聞かれると、笑って誤魔化した。

そうしてやり過ごすたびに、心が疲弊した。

イアン様と向き合って話すことがなかなかできない忙しい日々。

それでも夜会で隣に立っていられることが幸せだった。手を取り、ダンスを踊る時はいつも緊張して手が震えていた。それをイアン様に悟られないように必死で平然とした。

イアン様に相手にされなくてもわたしは王太子妃として誇りを持って王宮で過ごした。

それがわたしのお飾りの妻としての矜持《きょうじ》だった。

ジョセフィーヌ様が側室となる日までは……

イアン様の彼女を見る目はジーナ様の時と同じ。わたしを見つめる目とは違った。

イアン様は彼女を優しく見つめ、わたしの前でも二人は仲睦《なかむつ》まじく過ごした。

わたしはまた、二人の目に映らないように隠れて過ごすことを選んだ。

離宮での暮らしは、彼らを見なくてすむから快適のはずだった。

市井《しせい》へ赴くことが増え、それなりに忙しく過ごしたけど、次第に王太子妃としての仕事もなくなり、わたしが王宮内にとどまる必要性すらなくなってしまった。

そしてわたしは里帰りした。

今は離縁して、こうして自由に暮らしている。

それでもイアン様のことを考えると、いまだに辛い。

でも前を向いて進もうと決めたのだ。


「……様……オリエ様！　用意できました。行きましょう！」

ギルの声で現実に引き戻された。

「ごめんなさい、行きましょう」

わたしはギルと街に出かけた。

最近は護衛の人達がわたしから少し離れてついて来てくれるようになった。

ピッタリと張り付いてではなくなって、少しだけ自由に動ける。

息をするのが楽になった気がする。

ギルと約束していた屋台巡りもした。

屋敷では食べたことのない、串に刺した焼いたお肉を食べたり、詰め放題の焼き菓子を買ったりした。

――食べながら歩くなんて絶対にしてはいけないし、そんなことをするなんて考えられなかったわ。でも凄く楽しい。

そのあと雑貨屋さんや本屋さんに行った。

花屋さん、洋服屋さん、時計屋さん、見るもの全てが新鮮で珍しくて楽しい。

いくつも店を回ったあと、ギルが満足げな顔で言った。

「オリエ様、疲れちゃった。少し座りたい！」

「わたしも流石《さすが》に歩き疲れたわ。ね、あそこのカフェに行かない？」

「うわあ、女子が好きそうなお店だね」

「ギルもいつか女の子を連れて来るかもしれないわよ。練習台としてわたしをエスコートしてくれるかしら？」

「はい、オリエ様、お手をどうぞ」

ギルはわたしの手を取り、わたしの歩幅に合わせて歩いてくれた。

わたしよりも小さな体でしっかりエスコートしてくれる。赤ちゃんの時から知っているギルの頼もしい姿に、わたしはバレないようにんまりと笑った。完全に姉になった気分だ。

案内された席に座ると、カッコよく頑張っていたはずのギルが子供に戻った。

「うわぁ、俺、これが食べたい！　オリエ様は何を食べますか？」

「ギルはフルーツタルトと苺《いちご》のショートケーキがいいのね？　わたしはチョコレートムースにしようかしら」

注文をして待っている間、ギルの学校の話を聞いて楽しく過ごした。

そんな時、後ろから聞こえてきた話にわたしは固まった。

「……イアン殿下の再婚の話が出ているって知ってる？」

「もちろんよ。オリエ様だけでなくジョセフィーヌ様とも離縁となって今は独身だもの。新しい妃を娶《めと》るのは当然だけど、あんなにオリエ様を愛していたのだもの、簡単に次とはいかないと思うわ」

――え？　ジョセフィーヌ様と離縁？

――わたしを愛していた？　ジョセフィーヌ様の間違いじゃないのかしら？

わたしは思わず後ろを振り向き、「それはオリエではなくてジョセフィーヌ様を愛していた、の間違いではないのかしら？」と、知らない二人の女性に話しかけてしまった。

驚いた二人はわたしをキョトンと見つめてから、少し考えながらも話してくれた。

「わたしの友人が王宮の騎士として勤めていますが、殿下はオリエ様が好きすぎるために拗《こじ》らせているらしいと聞きました」

「……好きすぎて？　拗《こじ》らせ？」

「はい。ただ、オリエ様には全く伝わっていないらしいとも言っておりました」

「教えてくれてありがとう」

「あ、あの、これはあくまで噂ですので……処分はあるのでしょうか？」

「ただの世間話でしょう？」

彼女達はわたしが噂のオリエだと気づいていないようだ。

平民の人達は肖像画でしかわたしを知らない。だから貴族のドレスを着たわたしを見てもオリエとは思わず、どこかの貴族令嬢くらいしか思っていなかった。

わたしには人を惹《ひ》きつけるような輝くオーラなどないもの、気づかれもしないわよね。

カフェから帰って自分の部屋でずっと考えた。

わたしを好きだった？

……うーん、それはまた妹としてかしら？

いくら考えてもわからなかった。

それにもう離縁したのに、今更イアン様の気持ちを知ってもどうにもならない。

ただ、ジョセフィーヌ様とあんなに愛し合っていたのに離縁されていたこと、そっちの方がショックだった。

わたしを好きとジョセフィーヌ様を愛しているは、意味も気持ちの重さも違うだろう。

いろいろ考えていた時、コンコン!! と誰かがノックした。

「はい？」

「オリエ、アレックです」

「は、はい！」

わたしが慌てて扉を開ける。

「オリエ、そろそろ騎士団の鍛錬に顔を出してみないか？」

「でもまだ完全ではないわ、みんなに迷惑をかけると思うの」

「みんながそろそろ一緒にしたいと言ってるんだ」

「いいのかな？　やっと歩けるようになったけど、以前のような激しい動きはできないわ」

「いいから、たまには出て来てやってくれ。元気な顔を見せてくれるだけでいいんだ」

「うん、わかったわ。明日は何もすることがないから顔を出すわ」

「オーヴェン様に伝えておくよ！」

「ありがとう」

アレック兄様の話はとても嬉しかった。

大好きな剣を握れる。

でも、まだ思うように動かない体ではみんなに迷惑をかけてしまう。

そう思うと少し気が重かった。

◇◇◇

「イアン様はどうして好きだと言えなかったんですか？　俺も好きな人に言えなくてつい無視したり興味ない振りをしたりするんです。そしたらオリエ様が、それって一番ダメなやつだねって。わたしだったら嫌だと言っていました」

そう言ったのはギルだ。

俺の目の前にいるのはブルダとギルの二人。この親子はオリエ付きの護衛騎士と息子だ。

俺の執務室で美味しそうにお菓子をボリボリと食べるギルに苦笑した。

俺に情報提供をしてくれる。

ただし、嫌味を言いながら、オリエにとって困らない程度のことを。

ギルの場合は一緒に遊びに行ったとかお菓子が美味しかったとか、オリエのドレスが新しくなったとか。オリエの好きな食べ物や庭の花を見て可愛く微笑《ほほえ》んだとか。

それでもそばにいることすらできない俺には絶対知ることのない、羨ましい話ばかり。

離縁したのだからもう来なくてもいいのにこの親子、なぜかいまだにここにたまに来る。

「イアン殿下、オリエ様が歩けるようになりました。やっと騎士団の鍛錬にも顔を出すようです」

「そんなに調子がいいのか？」

俺はギルの言葉を無視してブルダの話に返事をした。

「ずいぶん元気になられました」

「そうか……よかった。だが二人ともここには来なくていい。俺にオリエの話を聞く権利はもうない。結局お前達から言われた通り、素直になれずに謝ることすらできなかった……」

「イアン様はやっぱり再婚するのですか？」

またギルが横から変なことを言い出した。

「すぐに再婚はあり得ない。なぜギルはそんなことを聞くんだ」

「今日オリエ様とカフェでとっても美味しいケーキを食べていたら、後ろにいた女の人達がイアン様がオリエ様とジョセフィーヌ様とは離縁となったから新しい妃を娶《めと》ると噂していました」

「はあ？　そんな噂がもう流れているのか？」

「うん、でもその人は、殿下はジョセフィーヌ様ではなくてオリエ様を愛しているのに好きすぎて拗《こじ》らせているからまだ再婚はないと言っていました」

「…………まさかオリエも聞いていたのか？　聞こえたのはもちろんギルだけだろう？」

「ううん、オリエ様はその女の人に驚いて確認していました。好きなのはオリエではなくてジョセフィーヌ様の方ではないかと」

「それで？」

「驚いて呆然とされていました。オリエ様は、自分は殿下に愛されていないと思っています。俺はよくわかんないけど、一番、かなり最低なくらい殿下が悪いですけど、オリエ様に何も教えてあげない大人達も悪いんじゃないかなって。どうして本当のことを伝えないの？」

ギルは純粋に不思議そうな顔をした。

「ギル、いい加減にしなさい。オリエ様に話さなかったのは……イアン様から話さないように箝口《かんこう》令が出ていたからだ。それに今は傷ついてもイアン殿下と離縁する方がオリエ様にとって幸せだろう」

ブルダは本人の前で失礼なことを平気で言う。

ほんとこの親子はムカつくことしか言わない。でもご機嫌取りで俺にまとわりつく貴族や令嬢なんかよりもよほど信用できるし、なぜか楽しい。

「……オリエにとっては俺を離縁する方が幸せか……」

その言葉にしっくりきた。

だから公爵もライルもオリエに真実を伝えない。俺と縒《よ》りを戻す必要はないと考えている。

オリエの命を狙う輩《やから》の多いこの王宮で過ごすよりも、公爵家で新しい人生を送る方が幸せだと思っているのだろう。

俺が必死で排除してきた王宮の輩《やから》達。だが、もう今更なんだよな。

「イアン様はオリエ様のことを守るなんて言っていたけど、結局自分のことしか考えていないんだ。俺ならどんなに邪魔されても相手に嫌われても突撃して頑張るけど。ま、頑張ってダメだったら俺はオリエ様に愚痴って美味しいお菓子を食べさせてもらうけどな。イアン様は大人のくせにオリエ様を悲しませてそれで終わりなんだ！　だからダメダメなんだよ」

そう言いながらギルは「お菓子追加！」と、侍女にお菓子を皿に入れてもらって嬉しそうに食べた。

「虫歯になって痛くて泣いてしまえ！」

俺が呟《つぶや》くと、ブルダは溜息《ためいき》を吐《つ》いて「イアン様……子供に言われて情けない」と笑っていた。

◇　◇　◇

久しぶりの騎士団の鍛錬に参加させてもらって体を動かした。

と言っても大して動けないのに、みんなわたしをうるうるとした目で「歩ける！」「あ、動いた！」と、わたしが動くだけで感動してくる。

「お願いだから、わたしを放っておいて！」

みんなが手取り足取り世話してくれるので、なんのためにここに来たのかよくわからなくなった。

でもみんなはわたしが生きているだけで良かったと涙ぐんで喜んでくれる。

わたしはとても幸せなのだとつくづく感じた。

アレック兄様は「オリエが元気になったからみんな嬉しいんだよ」とクスクス笑う。

横に居たギルが「オリエ様、今なら俺、勝てるかも！」と剣の手合わせを申し込んできた。

「ふふ、確かに。ではギルやりましょう」

そして……

「なんで⁉ 俺、絶対勝てると思ったのに」

「だって、ギルって狙ってくる場所のパターンがいつも同じだから。そこを防御しさえすればいいんだもの。あとは必ずできる隙があるからそこを突けばいいのよ」

「えー、ずるい。俺、勝てるって信じてたのに」

「ギル、お前は弱った体のオリエ様に勝てて嬉しいのか？」

アレック兄様が苦笑しながら、ガックリと肩を落としたギルの背中をポンと叩いた。

「だってオリエ様、強いんだもん。俺、敵《かな》わないしさ、一回くらい勝ってみたかったんだ」

「ギル、褒めてくれてありがとう」

ギルのおかげで周りの心配する空気も変わり、居心地良い時間を過ごせた。

ギルって不思議な子だ。どんなに緊張した空気もこの子がいると和らぐ。

◇　◇　◇

ブライスの言葉に俺は固まった。

「ジョセフィーヌ様が妊娠しているらしいのです」

「はあ？　だからなんだって言うんだ？　俺の子じゃない」

「そうだとしても離縁前にできた子です。王族の子かもしれません。それに……ジョセフィーヌ様は殿下の従妹《いとこ》でしょう？」

「……そうだな」

父上の妹の娘だと知っているのは、俺の周りではブライスとオリエの父とライル、それからブルダくらいだ。そして、俺がジョセフィーヌと体の関係はなかったと知っているのはここにいるブライスくらいだ。

「絶対に妊娠はするなと言っておいたのに……もし妊娠しても俺の子として受け入れはしないとジョセフィーヌには言ったはずだが？」

「今回この話を持ってきたのはヴァンサン侯爵です。殿下のオリエ様への好意を知っていてわざとこの話を広めようとしています。二度とオリエ様が妃にならないようにするためかと。ブルーゼ公爵が奪爵され、その周りの貴族達も一掃されました。それに伴いバーグル公爵家がますます力をつけてきたでしょう？　その力を削《そ》ぎたいのだと思われます」

「俺とオリエが復縁することはない。いくら俺が忘れられなくても、彼女は俺を拒絶するだろう。それだけのことをしたんだから。もうオリエのことはそっとしておいてほしい」

俺は溜息《ためいき》しか出なかった。

――オリエには静かに穏やかに暮らしてほしい。

「ヴァンサン侯爵の狙いは？」

「バーグル公爵の権力をこれ以上強くしないために、ジョセフィーヌ様を保護して自分が後ろ盾になるようです。そして生まれてくる子供が男の子なら殿下の嫡男として正式に認めてもらうように動くのでしょう。世間はみんな、殿下がジョセフィーヌ様と仲睦《なかむつ》まじいと思っておりましたから、まさか殿下の子ではないと疑わないでしょう」

「ジョセフィーヌもヴァンサン侯爵の力を借りて俺を脅すつもりなのか？」

「今現在、残念ながら彼女に接触できておりません。たぶんヴァンサン侯爵がジョセフィーヌ様を住んでいた街から連れ出したようです」

「ヴァンサン侯爵が俺に接触してくるかもしれないな。それとも噂を流して俺が逃げられないようにしているのかもしれない……ところで彼女は妊娠何か月目なんだ？」

「それが……もう七か月になります……」

「離縁してから四か月……はぁ、世間的には俺の子だな……急ぎ陛下にお会いしてくる」

俺は父上にジョセフィーヌとは閨《ねや》を共にしたことはなく、生まれてくる子はあの騎士の子に間違いないと話した。

しかし、俺とジョセフィーヌは従兄妹《いとこ》同士……

「お前の子ではないと互いにわかっていても、お前に似た子が生まれる可能性はある。血は繋《つな》がっているからな……そうするとお前の子ではないと否定するのは難しいだろうな」

「俺の子として受け入れろと言うのですか？　事情をヴァンサン侯爵に伝えます」

「ヴァンサン侯爵に王家の弱みを教えることなどできない」

「ならばジョセフィーヌに俺の子ではなく、騎士の子だとはっきりと宣言してもらいます」

「ヴァンサン侯爵に囚《とら》われているのだろう？　仕方あるまい、急ぎ『影』をあの屋敷に放つ」

「ジョセフィーヌには誓約書をもらっています。騎士との恋愛を認める代わり、騎士の子を妊娠しても俺の子供としては認知しないと。本人自らが書いて血判を押し、俺に渡してくれたのです」

「そうか、ジョセフィーヌももしもの時を考えてはいたのか……しかし、それはジョセフィーヌの産んだ子が騎士に似ていないと発揮しないだろうな。彼女に似ていれば、あるいはお前の顔に近ければ契約履行はできぬかもしれない……」

陛下は顎に手をやりながらしばらく黙って何かを考え込んでいた。

「最終的にはジョセフィーヌの子を認知するか殺すか、どちらかを選ばねばならんかもしれぬな。騎士に似ればジョセフィーヌの不倫として終わらせ、よその田舎町にでも住まわせるが……」

——殺す？　生まれたばかりの子供を？

俺は目を見開いた。

父上は「時には情など捨て去ることも必要だ」と、国王としての顔をしていた。

◇　◇　◇

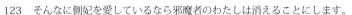

ある夜のこと、寝ている時にコツンと音がした。

「……んん……」

わたしの声にまたコツンと音がした。

「誰？」

寝ぼけながら起き上がり、周りをキョロキョロ見回した。

「……貴方は……」

窓際に佇《たたず》んでいる男の人に見覚えがあった。

「あ、わたしを殺そうとした気持ち悪い人!?」

「え、そこ？　普通眠りから目覚めさせたかっこいい人！　じゃない？」

「どうしてここに？　またわたしを殺しに来たのですか？」

「うーん、合っているけど違うかな。お嬢ちゃんさぁ、君を殺すように依頼をよく頼まれるけど、一度も殺されていないよね？　まぁ、普通は一回で死んで終わりだ。けれど君を殺すフリして、結局は失敗するように頼まれたし、別の『影』が君を守っていたから何度も茶番が繰り返された。だが今回はきっちり殺す依頼を受けているんだ。でもさあ、あまりに君の顔を見過ぎて、もう君に情が湧いてしまったんだよ。殺すかどうしようか悩んじゃってさ、だから君に声をかけたんだ。ねぇ、君を殺すように依頼した奴を殺す依頼しない？」

「え？」

寝ぼけていて頭が回らない。

今度こそ本当に殺される⁉　その前にわたしが依頼主を殺す⁉

頭を横にぶるぶると振った。

「む、無理です。人を殺す依頼なんてできません」

でも、ふと思った。

「あ、あの殺すのは嫌ですけど、その人を捕まえる依頼ならできますか？　わたし、お金はありませんが宝石なら持っています」

そう言ってベッドから起き上がり、宝石箱を開けた。

イアン様からもらった宝石はなぜか譲りがたく、幼い頃お気に入りだった宝石を幾つか手渡した。

「君さ、俺のこんな言葉だけで信用して宝石渡していいの？」

「え？　だって殺し屋さん、嘘ついていないですよね？」

「なんで？　殺し屋なんて信用できないだろう？」

「わたし……動けないで眠り続けていた時も意識はあったんです。貴方は酷いことを言うのにとても声が優しかったですよ？」

「ふーん……君を殺す依頼をした人のこと、気にならない？」

「なります……わたしは一体何をしたのでしょう？」

「うーん、君と言うよりもイアン殿下かな？」

「わたしはもう離縁したから関係ないと思うのですが？」

「うん、そうだよね。でも周りは君と殿下がまたくっつくかもしれないと危惧しているんだよ。ブルーゼ公爵亡きあと、バーグル公爵家はこの国で一番力を持つ家になってしまったんだ。もし再婚したらさらに力をつける。それもバーグル公爵家は清廉潔白《せいれんけっぱく》で強い騎士を何十人も従えているだろう？　他の貴族からしたら脅威でしかない。ほんのちょっとの脱税や誤魔化した報告などもできない。目の上のたんこぶなんだよ。だからオリエ嬢には死んでもらいたいみたい」

「そんな……悪事をしたいからって死んでほしいと言われても……それにわたしとイアン様が再婚するなんてありえません！」

「まぁみんなさ、自分が大事だからね。君が死んだら喜ぶ人も多いのさ」

「なんだか複雑です」

「殿下はそんな君を黙って守っていたんだろうね、方法はいいと思えないけどね」

「守っていた？　どうして？　イアン様はジョセフィーヌ様を愛しているのに、わたしと再婚するなんて……。ジョセフィーヌ様を離縁されて辛い思いをしているでしょうに」

「君には表面しか見えていないからね……まっ、俺は君の素直なところが気に入ったんだ。だから殺すのはもったいなくてね」

そう言ってにっこり笑ったこの人に、わたしの顔は引き攣《つ》るしかなかった。

今更ながらだけど、殺し屋さんの名前を教えてもらった。「カイ」さんだそうだ。

本当かどうかはわからないけど、呼び名がわかったので少し話しやすくなった。

それからカイさんは、夜中にたまに顔を出すようになった。

黒い服に黒い頭巾、真っ黒なので夜中にベッドの脇に立たれるとかなり驚いたけど、最近は慣れてしまい、「おはようございます、今日はどうしました？」と聞く余裕までできた。

「君を殺すように依頼した奴を捕まえるのはいいんだけど、どこまでやっておく？」

「やっておくとは？」

「うん？　半殺しにするか、手足を落とす？　舌は話せないと困るからいるよね？　目玉はなくてもいいかな？」

「いやいや、全て綺麗なままでお願いします。できれば傷一つない状態がよいのですが」

「えー、それじゃあ面白くないだろう？　せめて指だけでも全て切り落とそうか？」

「いえ！　何も欠けない方がいいです！」

「はあー、仕方ないな。で、どこに連れて来たらいい？　この部屋に明日連れて来る？」

「え？　嫌ですよ。わたしを殺そうとした人なんか、部屋に入れてほしくありません」

「じゃあ、どこがいい？」

「うーん、お父様の部屋？　かな……」

——お父様にはまだ何も伝えていない。

突然お父様の部屋に、わたしを殺そうとした依頼者がやってきたらお父様はどんな顔をするのだろう。ちょっと楽しいかも。

「わかった、明日君の父上の部屋に連れて来るね」

カイさんはそう言うとひらりと帰った。

――え？　そんな軽い感じでわたしを殺そうとした人を捕まえて連れて来られのかしら？

時計をチラッと見ると、もう夜中の十二時。

あと少しだけ寝て明日は早起きしなければ。お父様を捕まえて早く事情を説明しないと、大騒ぎになるかも……

そう思いつつもぐっすりと寝てしまい、目覚めたのは陽がしっかり昇った昼前だった。

部屋の外のうるさい声で目覚めたわたしは、誰も部屋に来ないことに気がついてとりあえず寝間着から私服に着替えた。

公爵令嬢とはいえ、市井《しせい》での生活を視野に入れているため、服の着替えや簡単な掃除などはできるようになった。自分で身支度を整えて廊下に出ると、騎士や使用人が騒いでいるのが見えたので、その一人を捕まえて聞いてみた。

「ねえ、この騒ぎはどうしたの？　何かあったのかしら？」

「あ、お嬢様。今朝がた、旦那様の部屋にヴァンサン侯爵様とその家の執事、それから娘婿にあたるトムソン伯爵が突然部屋に現れたのです！」

「え？　忘れてたわ！」

「忘れてた？」

ぽかんとした表情で首をかしげる使用人。

わたしが慌ててお父様の部屋へ向かおうとすると、我が家の騎士服を着たカイさんが現れ、笑いながら言った。

「ククク、昨夜話したばかりなのに、お嬢ちゃんは今まで寝ていたのか？」

「あ！　カイさん、いつもと違う格好なので気がつかなかったわ。わたしの依頼をこなしてくださってありがとうございます。よければお父様に会って説明していただいても？」

「俺を普通に当主に会わせようとするなんて……」

「でもまだ報酬が足りないでしょう？」

「いやいや、十分もらったよ。こんな面白い依頼はあまりないからね。楽しかったよ」

「あ！　みんな綺麗な体のまま捕まえてくれた？」

「ぶはっ!!　くくっ！　うん、見てきたら？」

「そうね、お父様に説明しなきゃ！　カイさんありがとう、これでぐっすり眠れます」

「あー、やっぱり本当は眠れなかったんだ」

わたしは肩をすくめ、カイさんを見て「ふふっ」と笑った。

襲われてから本当はずっと怖くて眠れなかった。

カイさんが明日依頼人を連れて来ると言われ、安心した途端、眠りにつけたのだ。

おかげで屋敷は大騒ぎになってしまった。

カイさんはいつの間にか姿を消している。

神出鬼没なカイさん、また会えるかしら？

わたしは急いでお父様の部屋へ向かった。

「オリエ、この部屋に入ってはダメだ。出て行きなさい」

部屋に入ろうとしたらお父様がいきなり怒鳴った。

部屋の中をチラッと見ると縄で縛られ、ぐったりとした三人が転がっていた。

「あ、お父様、お話があります」

「今はバタバタしているので、またにしてくれ」

「お父様、その方達はわたしの暗殺を依頼した首謀者です！」

わたしの声に皆動きがピタッと止まった。

「は？」

「え？」

「何を言っているんだ！」

お兄様とアレック兄様は呆然としたまま、お父様は困惑した様子で叫んだ。

「わ、わたしは何もしていない」

「そうだ、突然ここに連れて来られたんだ、被害者だ！」

「その通りです。わたしはただの執事です。暗殺など誰に依頼すると言うのです」

三人は転がって身動きが取れないのに、口だけはしっかりと動く。

「ここに暗殺依頼の契約書がありますけど？」

わたしは首をコテンと傾《かし》げ、にっこりと微笑《ほほえ》んでみせた。

「な、な、何で持っているんだ？」

「わたしが暗殺者さんに暗殺依頼した人達を捕らえてもらうよう、逆に依頼したからかな？」

人差し指を口に当てて、ふふふと笑った。

「あいつ、裏切ったのか？」

「そんな……確実に殺すと請け負っていたのに」

それを聞いたお父様が、怒りに任せて近くにいた騎士から剣を奪い、斬りかかろうとした。

「オリエを確実に殺すだと？　わたしがお前を殺してやる！」

「おやめください、父上！」

お兄様が止めたのでほっとしたのも束《つか》の間《ま》。

「殺るなら全て白状させてからにしましょう」

「そうだな、なぜオリエの命を狙ったのか全て吐かせてからでも遅くはないな」

——なんだかここにも怖い人達がいるわ……

そしてお父様達は三人を縛ったまま起こし、壁の前に座らせて尋問し始めた。

お兄様はとても怖い顔をしながら、男の首の近くに剣を近づけて言った。

「全て話せ。命は大切にした方がいいぞ」

三人は真っ青な顔になり、震えながら話し出した。

「義父から『これ以上バーグル公爵家に力が集中すれば、我々の生活が脅かされる』と言われたんだ。それでイアン殿下がいまだに愛してやまないという、オリエ様をなんとか排除したい、消えてもらおうかと……うっ、ぐふぉ」

ヴァンサン侯爵の娘婿にあたるトムソン伯爵が話している途中、アレック兄様がお腹に蹴りを入れた。

伯爵は縛られて満足に動かせない体なのに、激痛で寝転がり痛みで唸《うな》っていた。

「消えてもらう？　ふざけんな！」

いつもはとても優しい兄様が、今は鬼のように怖い。

結局みんなお腹や背中を蹴られ、みんな寝転がって痛みで唸《うな》っている。

「オリエを狙ったのは、ブルーゼ公爵がいなくなり、我が公爵家がこの国で一番力が強くなったからだと。それにオリエがイアン殿下と再婚すれば、うちの力がさらに強くなる。それを阻止したかったと言うんだな」

「……はい」

「お前達がまさかオリエの命を狙うとは……ジョセフィーヌ様が攻めてくると思ったのに」

「な、なんのことですか？」

「オリエはしばらく部屋を出ていろ。ここからは重要な話になる、お前には聞かせられない」

お父様がわたしを気にかけて仰ってくださったのはすぐにわかった。

でも、わたしはカイさんにジョセフィーヌ様についても聞いていた。

「ジョセフィーヌ様がイアン殿下の子供を妊娠していらっしゃるのでしょう？　それをこの方達は脅しとして使おうとしていたのでしょう？」

「知っていたのか？」

お父様が驚いた顔をして聞いてきた。

「わたしの暗殺依頼を受けた方が、味方になってくださったのです。前回もわたしの体を動くようにしてくださった、親切な暗殺者さんです。彼が教えてくださいました」

わたしは大きな溜息《ためいき》を吐《つ》いた。

「お二人が元に戻り、幸せに暮らすにはわたしが邪魔だったのでしょうか？　お二人の邪魔などしたつもりはありませんでしたが……わたしとイアン様が再婚するなどあり得ないのに……そんな話を真に受けるなんて」

「それだけで貴女《あなた》を暗殺するわけがないでしょう？　……ブルーゼ公爵もジーナ様も貴女《あなた》のせいで処刑されたのですよ。その上、いまだに殿下に愛されているなんて噂が流れてどんなに腹立たしいか……」

トムソン伯爵はわたしを恨みがましく睨《にら》みつけた。

――何か言い返したかったけれど、言葉が見つからない。

わたしはイアン様に愛されたことなどないのに、愛されているなどと言う人がいる。

何度も命を狙われたのはイアン様に愛されていたからだと言われても、わたしにはイアン様に愛された思い出なんてない。

「あの二人が処刑されたのは娘のせいではない。悪事を働いたからだ。娘のせいにされては困る」

「……多少の悪事を見逃すこともこの国の貴族なら仕方がないこと、だから貴方がこの国で一番力を持たれると困るのです」

二人に雇われている執事が突然話し出した。

——悪事を見逃す？　何をこの人は言っているの？

「そ、そうだ。ブルーゼ公爵は我々と同じ考えだった。貴族だってみんな金があるわけではない、貴族として生きていくためには多少の悪事は必要で、見逃されてもよい……それをよしとしない貴方達の考えが我々を苦しめるのです」

「……苦しめているのは貴方達でしょう？　自分達が贅沢《ぜいたく》できれば領民が餓死しようと自ら命を絶とうとどうでもいい。そんな考えをなぜ認めなければならない？」

お兄様は全く訳がわからない、といった顔で執事に告げる。

「平民の命など貴族の命に比べれば軽いものでしょう？　そんな命と我々貴族の命を比べるなど……それこそおかしいでしょ」

そう言うと三人はヘラヘラと笑い、侯爵が続けた。

「平民は我々が贅沢《ぜいたく》に暮らすための道具です。道具は多ければ多いほどいい、使えなくなったら捨てればいいんですよ、どうせまた新しい子供がたくさん生まれるのですから」

わたしは黙って聞いていたが、とうとう頭にきて拳をギュッと握りしめる。

気がつくと三人を殴っていた。生まれて初めて人を殴った、その拳が熱い。

「貴方達は人として最低です！　みんな生きているのよ！　道具？　捨てる？　ふざけないで！」

そして生まれて初めて大きな声で怒鳴っていた。

わたしの大事な市井《しせい》で頑張っている子供達の笑顔が脳裏に浮かぶ。

この人達の言っていることがどうしても許せなかった。

呼吸が短く荒くなって目に涙が溢《あふ》れる。そんなわたしをお兄様は抱きしめてくれた。

洗いざらい吐かせた後、ヴァンサン侯爵様とその執事、娘婿にあたるトムソン伯爵は騎士達に王宮にある牢へと連行された。これから正式に取り調べがあるのだろう。

それからわたしはお父様達にカイさんのことを話した。

お父様は「なぜ話さなかった？」とかなり怒っていた。

わたしもなぜ話さなかったのか、自分でもよくわからない。

でもカイさんなら大丈夫だと思ったのも確かだ。お父様達に話して大事になるより、カイさんに任せた方が早いしスムーズに済むと思った。

「お父様、わたしは残念ながら私財を市井《しせい》の子供達に使ってしまい、あまりお金を持っておりません。ですので、幼い頃に買ってもらった宝石を報酬として渡しました。おそらく相場よりずいぶんと少ない金額でカイさんは動いてくれたはずです。いつか会いにきたらきちんとお金を渡したいのです。少しばかり援助をしていただければ嬉しいのですが……」

――親にお金をお願いするのは少しばかり憚《はばか》られたけど、わたしのお願いを聞いてくれたカイさんにはきちんとしたお礼をしたかった。

わたしの命を救ってくれたのももちろんだけど、あんな領主なんかの下にいる領民達のことを考えると捕まえてくれて本当によかった。

「いや、こちらで成功報酬は渡そう。お前の命を二度も救ってくれたのだから。だがお前の就寝時に何度も侵入したのは許せない。今度からもっとしっかりと護衛を強化しよう」

「カイさんは、元『影』なのでしょう？　それもかなり優秀な方みたいです。たぶん簡単にすり抜けて現れるのでは？」

「オリエは怖くはないのか？　簡単に襲われるかもしれないのだぞ」

「襲われるならもうとっくに襲われています。なぜかよくわからないのですが、カイさんはとても安心する方なんです」

「オリエ、人を誰でも信用するのはよした方がいい」

アレック兄様が苛立ったように言った。

「あ、はい」

今日はいつも優しい兄様が、とても怖い。

「オリエ、しばらくは屋敷の中で過ごしなさい。市井《しせい》に行くのはやめておくように」

「わかりました」

子供達のところへ行きたかったけど何度も命を狙われた身だ、わたしのせいで子供達に何かあったら困る。屋敷で大人しく過ごそう。

「オリエは最近刺繍《ししゅう》が上手になったわね」

出かけられない代わりに、お母様と少しでもお金になればと刺繍《ししゅう》を刺して過ごした。

ハンカチや綺麗な布に刺繍《ししゅう》して売れば、子供達の職場に使えるお金が増える。

お母様の友人達も暇な時に手作りのものを作って寄付してくださる。

おかげで少しずつ子供達の生活も改善されてきた。

悪い大人達に利用されることも、親に売られる子も減ってきている。それでも捕まった侯爵達のような人間は大勢いるのだと思い知らされた。どんなに頑張っても救える人は限られている。それでも諦めず、少しでも多く救える人は救いたい。

「オリエ、焦っては駄目よ。この国の悪い部分がすぐによくなりはしないの。でも諦めてしまえばそこで終わるわ。せっかく立ち上げた子供達への支援を少しずつ広げましょう。あんな腐った貴族達のせいで諦めるなんて絶対しないで！」

普段は穏やかで優しいお母様。けれど今回の事件についてはとても怒っていた。

わたしの命を狙ったことはもちろん、我が公爵家の規律を守る公正な態度が、他の貴族の反感を買ったという事実に怒っていた。

「お母様……ジョセフィーヌ様が懐妊されたことご存じでしたか？」

わたしの問いにお母様は、どう言おうか悩んだ様子だった。

「…………お母様？」

「ご懐妊されたという噂は聞いているわ。ただ……よくわからないの。ジョセフィーヌ様はヴァンサン侯爵のところに身を寄せていると聞いたのに……侯爵家にはいないみたいで……どうなっているのか……」

「ジョセフィーヌ様はどこへ行ったのかしら？　イアン様もお捜ししているでしょうに……」

「……そうね。オリエに話すのはイアン殿下ご自身でと思っていたのだけど……もうこれ以上、黙っているわけにはいかないわよね」

「お母様？　どうしたのですか？」

「……ジョセフィーヌ様が身籠もられたのは、イアン殿下の子供ではないのよ」

「え？　どういうことですか？」

「詳しい話はできないの……ただ、イアン殿下とジョセフィーヌ様はご結婚したけど、閨《ねや》を共にはしなかったらしいのよ」

「……わたしと同じ、白い結婚？」

「うーん、意味は違うけど、そうね。ジョセフィーヌ様には護衛騎士の恋人がいたのよ、その人と共に我が国に来て、イアン殿下も二人の仲を認めていたの」

「でも、お二人は仲睦《なかむつ》まじく寄り添っていました」

「オリエにはそう見せていたのよ、でもね、見えることが全てではないのよ」

「……わかりません、そんなことを言われても……」

「ごめんなさい、もっと説明してあげたいのだけど、わたしの一存ではできないの。ただ、ジョセフィーヌ様は行方がわからなくなって、みんな捜しているのよ」

「……そうですか……」

わたしの知らないところでいろいろなことが起こっているようだ。

けれどわたしの心の中には二人の仲睦《なかむつ》まじい姿しか浮かばなかった。

みんな、イアン様のことになると口が重くなる。言葉を濁されることが多くて理解できない。

ジョセフィーヌ様とあんなに仲良くされていたのに彼女には恋人がいた⁉　それをイアン様も受け入れていた。子供もイアン様のお子ではない？

でも離縁されてまだ四か月くらいだから、イアン様の子だと言われても仕方がないだろう。

なのに、はっきりと違うとお母様は仰った。

わたしにはわからないことばかり。

ジョセフィーヌ様も身重なのに大丈夫なのかしら？


それからしばらくは穏やかな時間が過ぎた。

わたしは刺繍《ししゅう》をしたり読書をしたりしてゆっくりと過ごした。

今までずっと駆け足で過ごしてきたわ。

子供の頃からは王太子妃教育、結婚して一年は王太子妃として政務に励み、実家に帰ってからは子供達の仕事場作りと、気がつけば毎日が慌ただしかった。

「ふわぁ、さあ、寝ましょう」

今日はいつもより早めに眠ろう。

あれから依然として、月の綺麗な夜はカイさんが遊びに来ることが多い。

今日は満月の見える日だから、たぶん来るはず。

そう思って窓の鍵を開けておく。

鍵を閉めていても簡単に入ってくるから、あまり意味を持たないわね。

——しっかりと眠りについた頃、カタッと音がした。

微《かす》かに目を開けるとカイさんがわたしの顔を覗《のぞ》き込んでいる。

「お願いだから驚かさないでください」

寝ぼけながらもカイさんに話しかけた。

「おはよう、目が覚めた？」

「……はい」

「最近は普通に歩けるようになったみたいだな」

「うん、お陰様で以前のように体を動かすことができます」

「お前の周りで不穏な動きをしていた奴らはみんな排除した。これでしばらくはゆっくりと過ごせるだろう」

「……危険ではなかったのですか？」

わたしのためにカイさんが危ない目に遭っていたのではないかと心配になった。

「大丈夫さ、こんなの仕事のうちに入らないさ」

なんでもない顔をしてニヤッと笑う。

「ありがとうございます……あの……排除とはまさか殺してはいませんよね？」

「殺してほしかった？　それなら今から殺す？」

「ち、違いります！　殺してほしくないから聞いたんです！」

「そう言うと思って、そいつらの情報を全部お前の父ちゃんに渡した。だから、正式に動いて牢にぶち込んだみたいだ」

「よかった……お父様はお礼を渡しました？」

「お前の父ちゃん、気前よく報酬をたんまりとくれた。おかげでしばらくは遊んで暮らせそうだ」

「そう……それならよかった」

「それでな……そろそろお別れだ、俺はこの国を出て行く」

「え？　どうして？」

「この国に居すぎた。元々長く居すわるつもりはなかったんだ、オリエ嬢が面白くてつい関わったから長引いたがそれも終わりだ、今日はお別れを言いにきた」

「……寂しくなりますね……カイさんはいろんな国へ行ったことがあるんですか？」

「まあ、こんな仕事をしていたら一つの場所に落ち着くことはできないから何か国も回っているぜ」

「この国とは違いますか？」

「国によって食べ物や習慣、言葉も違う。国の王様の力が強い国、貴族の力が強い国、この国にはない魔力を持つ国、精霊の住む国、いろいろあって面白いぜ」

「本の世界みたい！」

「本の世界では味わえない、感動するぞ」

「……カイさんは居なくなっちゃうんですね」

カイさんの顔はとても楽しそうで、見ていてなんだか羨ましくもあり寂しくもあって。

「俺がいなくなると寂しいのか？」

「……そんなことないです」

図星だったからちょっと悔しくて、素直に寂しいと言えなかった。

「そっか、残念だな。俺はお前を気に入っていたんだがな……連れ去りたいくらいには」

「つ、連れ去る？」

「ああ、一緒に行かないか？　たぶん退屈はさせないし、お前が危険な目に遭うことはない、俺が絶対に守るから」

いつもふざけたことしか言わないカイさんが柔らかく微笑《ほほえ》みかける。

わたしはカイさんの笑顔を見てドキッとした。

「一緒に行く？　わたしが？」

カイさんについて行く？　想像しただけで楽しそう。まるで駆け落ちみたいね……

でも「行く」とは答えられなかった。

「次の満月の日までに返事をしてくれたらいい」

カイさんはそう言ってわたしのおでこに優しくキスを落とすと静かに立ち去った。

◇　◇　◇

「『影』からの報告は？」

ブライスは「ありましたよ」と言いながらも自分の仕事の手を止めない。

俺が手を止めて話すのを待っているのに顔を上げようとしない。

「報告！」

「もう少し待ってくださいよ！」

「嫌だ！　早く話してくれ！」

ブライスは聞こえないくらいの小さな舌打ちをした。

ったく、俺だからいいけど、それが王太子殿下に対する態度か？

幼馴染《おさななじみ》で気心が知れているから、お互い二人っきりの時は遠慮がない。

俺もつい言い方が傲慢になる。

「これ、早く仕上げないと明日の予算が下りないんですよ！」

「わかってる！　だから俺も頑張っただろう？」

「急遽《きゅうきょ》、明日からのヴァンサン侯爵の領地視察のために予算を無理やり通したのに、感謝してほしいですね！」

「すまない、今回はヴァンサン侯爵がなかなか尻尾を出さないから、俺から飛び込むしかないんだ」

「わかってますよ！　『影』からの報告では、ジョセフィーヌ様は監禁されてはなく、侯爵の口車に乗せられて彼の屋敷にいるみたいです」

「口車？」

「はい、ジョセフィーヌ様は、『このままではお腹の子の父親がイアン様になり、王家に子供を奪われるかもしれない、もしくは男の子が生まれたら争いの種になり、処分されるだろう』と言われ、ヴァンサン侯爵の屋敷に隠れているそうです」

「……そうか」

「殿下？　どうしたのですか？」

「……いや、なんでもない」

ヴァンサン侯爵がジョセフィーヌに言ったことは全くの出鱈目《でたらめ》ではない。

だから俺は言葉を濁すしかなかった。

とにかく今はヴァンサン侯爵が一体何をしたいのか探り、裏で動いている犯罪を探ろう。

もうオリエに俺のせいで嫌な思いをさせるわけにはいかない。巻き込むことだけは避けなければ！

この時俺はオリエが暗殺されかけていたなんて知る由もなかった。


翌日、俺はヴァンサン侯爵の領地の視察に来ていた。

なかなか尻尾を出さない侯爵。

突然の視察で侯爵達が不在の中、領地を回った。

街は賑わっていて豊かにみえた。

だが、街を離れるにつれ、貧しい農民達や力なく座り込む人々を多く見かけるようになった。ここまで極端な領地は珍しい。

俺は視察に同行した侯爵の部下に聞いた。

「なぜこんなにみんな痩せ細っているんだ？」

「……あっ、いや、あ、最近不作が続いていまして……」

「ブライス、そんな報告は聞いていないぞ。お前、俺に報告書を見せていなかったのか？」

あえてブライスを責めた。

「……いえ、そんな報告は上がっていません」

ブライスはムスッとして答える。

「あ、いや、間違っていました。ちょっと問題がありまして、この辺は十分な税金を納めていないので厳しく取り立てたんです……だから、あの、その……」

「もういい、お前達はそこから動くな！」

俺は侯爵の関係者は動かないように命令して、自ら人々に話しかけた。

民は俺が王族だと気づいていない。帯刀しているものの、今は市井《しせい》の者達と同じような服を着ているからだ。

今はただの使用人が農地を回っているだけだと思われている。

「大変ですね、疲れているんですか？」

「あんたは何者だ？」

「あー、俺は農地を回っている雇われの商売人です」

「ここには売れるものなんか何もないよ」

「どうしてこんなに農地が荒れているんですか？」

「領主様が、税金が払えない家の男達を無理やり連れて行ってしまったんだ。だからこの辺は麦や野菜を作りたくても人手がない。そうするとさらに税金は払えないし、ろくに食べるものもない。俺達は飢えて死ぬのを待っているんだ」

「無理やり連れて行ってどうするんだ？」

「あんた知らないのか？　ここの領主様は鉱山から鉄鉱石が取れるからと言って、人手が足りなくなると俺達農民を無理やり連れて行って働かせているんだ」

「そんな報告は？」

俺はブライスを睨《にら》みつけた。

ブライスは眉を顰《ひそ》めつつ首を横に振る。

俺はそれを確認して「この村の一番偉い人はいますか？」と続ける。

「村長のキーゼ様は寝込まれている。自分の財産を全て食べ物に換えて我々に与えてくださった。でも無理をして倒れられたんだ」

今まで自分は何を見てきたのだろう。

表面上の取り繕ったところだけ見せられ、みんな幸せに暮らしていると思っていた。

ブライスに頼んで、とりあえず食べ物を手配するように言ってから、俺はその存在の報告すら上がっていない鉱山へと向かった。

「殿下、数人だけで行くのは危険です。せめて態勢を整えてからでお願いします」

ブライスが言っていることは確かだ。だが、今行かなければまた証拠を隠されてしまう。いきなり行かなければ汚いものは全て隠され、上澄みしか見せられない。

俺は数人の護衛騎士達と共に鉱山へ向かった。

鉱山は劣悪な環境で働かされる人々で溢《あふ》れかえっていた。

生気のない顔、フラフラしながらなんとか重たい荷物を運ぶ男達。その中には女性もいた。

汚い服を着て足を引き摺《ず》りながらもなんとか荷物を運んでいる。

俺はその姿を見て怒鳴りつけた！

「何をここでしているんだ！　みんな動くな！　働かなくていい！」

「おい！　あんたはいきなり来て何を言い出すんだ！」

人相の悪い大柄の男達が数人で俺を囲む。

「お前達は誰の許可を得てここで鉱山の発掘をしているんだ？　国からの許可をもらっていないだろう？」

「国の許可？　なんだそれ？」

「国の許可なく鉱山で採掘はできないはずだ！」

「俺達にはそんなこと、関係ないね」

俺の言葉を聞いてニヤニヤと笑う男達。

「あんた誰だ？　偉そうに。国の役人か何かか？　そんな少ない人数で視察したって怖くなんかないね。この鉱山で働いてる内に、みんな事故で死んでもらえばいいだけだ」

屈強な男達が俺達を叩きのめそうと襲いかかってきた。

俺はその手を払いのけ、帯刀していた剣で切りつけた。

「ぐあっ！　イッテェな！　血、血が！」

「何しやがるんだ！　テメェ殺してやる！」

護衛騎士の人数こそ少なかったが、精鋭の近衛騎士ばかり帯同したおかげで助かった。

みんな剣を握ると、鉱山の男達をどんどん打ち負かしていく。

俺も一応剣は扱える。自分に襲いかかって来る奴らは、容赦なく剣で切り捨てた。ただし、後で取り調べる必要があるので死なない程度にしておく。そして見張り役の男達、十数人を全員捕らえてロープで縛り上げた。

「みんな辛い思いをさせた。すまなかった」

俺は領民達に頭を下げることしかできなかった。

それから改めて鉱山にいるヴァンサン侯爵の部下達を捕まえた。

国の許可を得ずに発掘作業をしていたので全て禁止にして閉鎖、ここで働いている者達には一定の給金を渡して家に帰らせた。

これでヴァンサン侯爵本人を捕まえることができる。

そして王都へ帰る途中、使者から連絡が来た。

「ヴァンサン侯爵と執事、それから娘婿にあたるトムソン伯爵が、オリエ様の暗殺未遂で捕まりました」

「なんだって？　オリエは大丈夫なのか？」

「はい、ご無事でいらっしゃいます」

「……よかった……でもどうしてオリエの命が狙われたんだ？」

「イアン様がまだオリエ様を思っていらっしゃるという噂が流れているのはご存じですよね？」

「それが？」

俺はイライラしながら聞いた。

そんなことより理由を早く知りたい。

「オリエ様がイアン様ともし再婚されれば、バーグル公爵家の力は今以上に強くなります。そうすればブルーゼ公爵派のような考えを持つ貴族達にとって、脅威でしかないでしょう。それを阻止するため、オリエ様には消えてもらうしかなかったと。バーグル公爵は清廉潔白《せいれんけっぱく》なお方です。それはとても良いことではありますが、困る貴族も多々おります」

「……わかった、下がれ」

自分がずっとオリエに冷たくしてきて、今更いくら詫《わ》びてももうどうしようもない現実を、これでもかと突きつけられた。

俺のせいでまたオリエが命を狙われたのだ。

俺はとにかく急いで王都へ戻った。

バーグル公爵と面談をし、今の状況をとにかく把握する。

ヴァンサン侯爵と執事、それから娘婿にあたるトムソン伯爵達を牢に入れてから、ジョセフィーヌを捜した。だがヴァンサン侯爵の屋敷に彼女はいなかった。

三人にジョセフィーヌの行方を聞いたが、「屋敷にいるはずだ」としか言わない。身重の体でどこへ隠れたのか……恋人の騎士と二人で姿を隠したままだった。

それでも俺はいまだにオリエに会えずにいた。

ブルーゼ公爵の処刑後、まだ派閥の貴族達がなんとか生き残ろうとヴァンサン侯爵達のように画策している。自分達の私利私欲のために領民達に無理を強い、そこにやっとメスを入れられた。俺は全ての膿《うみ》を出すため、バーグル公爵家と共に動いている。

バーグル公爵もオリエがこれ以上狙われないために派閥を排除すると乗り出したからだ。

我が国の闇を一掃するにはかなりの労力と時間がかかる。

俺はオリエに謝罪する暇もなく、慌ただしく時間が過ぎていった。

「イアン様、少しは休みましょうよ」

ブライスが俺を恨みがましく見る。

「お前だけ休め！　俺はまだこの書類を精査しておく。アイツらはずる賢いからな、ちょっとした抜け道を見つけて逃げ出してしまう。完全に追い詰めないと！」

断罪するためには徹底して調べ上げるしかない。証拠を積み上げて逃げられないようにする。

陛下も今回は徹底して私利私欲に走った貴族達を一掃すると決めた。なかなか重い腰を上げられなかったのは、この国の地盤を弱めることにもなりえたから。だからなかなか手を入れられなかったのだ。

一度は弱まるであろう王族の力も、バーグル公爵の支えがあればなんとか凌《しの》げるだろう。

そして、やっとジョセフィーヌの居場所がわかった……彼女は実の姉のところに恋人と二人で身を寄せていた。姉のマリエッタ様は隣国の侯爵家に嫁がれ、妹のジョセフィーヌを心配して密かに自分の元へ連れ出したらしい。

妊娠七か月になったジョセフィーヌは、姉の元で静かに子供を産みたいと手紙を寄越した。

「イアン殿下の子供ではないことは生まれてきてから証明できるので、それまでは身を隠して過ごさせてください。ご迷惑をかけて申し訳ありません」

妊娠したジョセフィーヌを利用しようとする輩《やから》の中、ジョセフィーヌもなんとかお腹の子供を守ろうと姉に助けを求めたらしい。

ヴァンサン侯爵が信用できないと感じたジョセフィーヌが姉になんとか連絡をとり、姉が素早く動き彼女を連れ出したそうだ。

ジョセフィーヌは一旦そのままにしておくことにした。

今は彼女の妊娠についてそれほど噂が広まっておらず、多くの貴族はいつ自分の家が断罪されるかと戦々恐々としている。だから、他に関心を寄せるどころではなくなっている。

堂々とできる清廉潔白《せいれんけっぱく》な貴族達は、ジョセフィーヌのことも黙って見守っている。

こうして時間が過ぎていった。

◇　◇　◇

アレック兄様に剣術の手合わせをしてもらう。やっと体が思い通りに動くようになった。

カイさんはあれから会いに来ない。

次の満月までひと月。たぶん彼はそれまで会いには来ないだろう。

わたしは騎士団に交ざって鍛錬に参加させてもらうことで外に出られないストレスを解消しながら、どうするか悩んでいた。

カイさんが好き？

たぶん違う。

イアン様への切ない想いと似たものは感じない。

そんなことを考えていたら……

「危ない！　オリエ！」

ぼーっとしていたわたしは思いっきり相手に木刀で叩かれそうになった。

簡単に避け切れるはずの木刀がわたしに正面から向かってきたが、危ういところでアレック兄様がわたしを抱きしめて庇《かば》ってくれた。

「……あ……ごめんなさい……兄様……大丈夫？」

兄様は相手がなんとか寸止めしようとした木刀に背中を打たれていた。

痛みも少しは軽減されていたとは思うけど、やはり痛そうで……

「オリエ、鍛錬中に集中できないのなら迷惑だ」

アレック兄様の言葉に言い訳すらできず「ごめんなさい」と謝るしかなかった。

わたしのせいでもう少しで相手の騎士にも迷惑をかけるところだった。

「手当てはしてくれるのだろう?」

アレック兄様はわたしの頭をポンっと叩き、笑ってくれた。

「……はい」

落ち込むわたしにこれ以上は何も言わずに、服を脱ぎ背中を出した。

背中はやはり真っ赤に腫れ上がり、痛々しかった。

よく冷やしてから薬を塗ってガーゼをはる。

「オリエ、今回の事件が落ち着いたら、ゆっくりお前の好きな物でも食べに行こう!」

「うん……ごめんなさい。兄様痛い?」

「これくらい全然平気さ、ま、オリエを庇って手当てしてもらえるなら役得だな」

「え?　痛い思いをして何の得にもならないと思うわ」

「いいんだ、俺にとっては嬉しいんだから」

「兄様って変なの?」

――兄様のわたしを見る目はとても優しくてなんだかドキっとした。

153　そんなに側妃を愛しているなら邪魔者のわたしは消えることにします。

どうしたのかしら、兄様？

いつもと様子が違うわ。

最近、兄様が何か言いたそうにしていることに気がついた。

手合わせをしている時は感じないのに、一緒にお茶を飲んでいる時に感じる視線。

わたしは兄様をじっと見つめた。

「オリエ、何かついてる？」

兄様は自分の顔を触りながら聞いた。

「違うわ、兄様が何かわたしに話したいことがあるのかと思って」

「え？」

「だって、いつも何か言おうとしては黙ってしまうのだもの」

「……あー、うん……」

兄様は頭をぽりぽりと掻《か》きながら困った顔をする。

わたしは黙ったまま兄様が何か話し出すのを待った。

兄様はカップを握りゴクゴクっとお茶を飲み干すと「ふー」っと大きな溜息《ためいき》を吐《つ》いた。

「オリエは……どう思っている？」

「う、うん!?」

「あー、イアン殿下を離縁してもう半年が過ぎただろう？　まだ早いとは思っているんだけど……

再婚したいとは思わない？」

「……再婚……？」

少し考えたけど……

「まだ考えたことはない……かな」

イアン様を離縁してからあまりにもいろんなことがありすぎて、何も考えられない。

「……だよね？　もし考えられるようになったら……俺との結婚を視野に入れてほしい」

「えっ？」

「そんなに驚くなよ。オリエが好きだ、ずっと想い続けていた。でも君はイアン殿下の婚約者だった。だから俺のこの気持ちはずっと隠していたんだ。オリエが結婚して諦めようとしていたし諦めたつもりだったんだ……でもどうしても諦められなかった……俺とのこと考えてもらえないか？」

「……兄様……ごめんなさい、今まで考えたことがなかった……でもちゃんと考えるわ……少し時間が欲しい」

「気づかれないようにしていたからな、知らなくて当たり前だ」

兄様は慌てて席を立ち「じゃあ、オリエ、また、な」と言うと真っ赤な顔をして立ち去った。

兄様がわたしのことを好き？

イアン様と結婚するまで誰からも好きだと言われたことがなかった。

わたしなんか誰からも愛されないと思っていた。

なのに、兄様からの告白。カイさんからはこの国を一緒に出ようと言われた。

イアン様と結婚し、この国の王太子妃、そして王妃となって生きることがわたしの人生の全てだと思い、幼い頃から過ごしてきた。

ううん、それ以外の世界があるなんて想像すらなかったわ。

◇◇◇

ヴァンサン侯爵達、その派閥の始末はなんとか落ち着いてきた。

まだまだ小物達は残っているが、大物の貴族達の取り調べは大方終わった。

「長かった……」

ボソッと呟《つぶや》くと、ブライスや他の側近達が「疲れましたね」「お疲れ様です」とお互い労う。

「みんな、久しぶりに数日休みを取ってくれ」

「いいんですか？」

ブライスが食い気味に聞いてきた。

「ああ、急ぎの仕事は終わらせた。みんなよく頑張ってくれた。ありがとう」

みんなにお礼を言ってから、ふと鏡に映る自分の姿を見て驚いた。

――疲れ果ててボロボロだな……だが、会いに行かなければいけない……

オリエに会いに行って謝罪をしないと、そう思っていたのに、なかなか行けなかった。

今まで会いに行っても、公爵家に面会を断られた。

もう半年以上経《た》った。今更会ってもオリエからすれば何を言ってるの？　と思うだろう。

それでも、ケジメをつけたい。もう復縁したいなんて、そんなことは言えない。

ただ、俺のオリエに対する今までの態度を説明して謝罪したい。

オリエには迷惑でしかないかもしれない。

それでも俺は最後にもう一度だけオリエに会わなければ。

その前に陛下に会いに行こう。ヴァンサン侯爵達の件の報告もしなければいけない。

父上にその報告ともう一つ、話をしよう。

――そして俺の話は決着がついた。

明日、オリエに会いに行く。もうこれで最後だ。

眠れぬ夜を過ごしながら時間は過ぎていった。

◇　◇　◇

カイさんが次に会いに来るまであと二週間くらい。

夜中の寝室は静かで、少し寂しい。最近は顔を見せにきてはくれない。

アレック兄様のことも考えないと。ずっと兄様として慕っていたのだ、いきなり好きだと言われても気持ちが追いつかない。それでもきちんと考えて答えを出さなくては。

「うーん、どうしたらいいのかしら？」

ベッドの上でゴロゴロしながら悩んでも、結局なんの答えも出ない。

わたしの人生ってずっとイアン様を中心に回っていたのね。

それがなくなってからは、いつも心が空っぽで何をしていても居心地が悪くて……今もどうしていいのかわからない。

兄様は大好きだけど……もしもお父様が兄様に嫁げと言われれば喜んで嫁ぐ。

でも……それはあくまで公爵家にとって政略的なもので、わたしの価値がそこにあるから。

心がついていかない。何かが違う。

そんな時、お父様から呼び出された。

「明日、イアン殿下がお忍びで我が家に来る。今更だがオリエに詫《わ》びたいらしい」

「……詫《わ》びる？　何をですか？　今更でしょう？　もう終わったことです」

「そう、今更なんだ……すまない、オリエに会いたいと、お前が帰ってきてからずっと連絡があった。それを拒否していたのはわたしだ」

「……？」

「お前が蔑《ないがし》ろにされた理由も、わたし達は全て知っていた……それでも納得できない行動があった。こんなに傷つけられてイアン殿下の元に置く必要はないと思い、殿下のことは全て排除した」

「それは……」

わたしには理解できなかった。

イアン殿下はわたしを好いてくれていたと聞いた。

でも、どうして信じられる？　そんなの感じたことはない。

お父様達がイアン様から守ってくれていた？

「お父様……わたしにはよくわかりません。イアン殿下のことも……お父様が言った今の話も……」

「……すまない……守るのが遅すぎたのだ。お前が傷ついているその時は放っておいて、屋敷に帰ってきてから守っても……遅かったのに」

お父様は項垂《うなだ》れてわたしに謝った。

よくわからないから、返答に困る。

「お会いしてきちんと終わらせるべきならそうしたいと思います。それでよろしいでしょうか？」

「あ……そ、そうだな」

「ところで……お父様はわたしの再婚についてはどうお考えでしょう？」

「さ、再婚？」

「はい、離縁してもう半年以上経《た》っております。そろそろ公爵家のためにもどこかへ嫁がなければならないでしょう？」

兄様のことはとりあえず黙っておく。

まずお父様が公爵家当主としてどう考えているのか知りたい。

わたしは役立たずで離縁したけれど、白い結婚だと証明されている。

後妻として誰かの元へ嫁ぐことくらいならできるはず。

もう自分の幸せを考えることはできない。

一度離縁を経験し、それも王太子妃だったわたしが、新たに嫁ぐのは難しいともわかっていた。

アレック兄様のようにわたしに求婚してくれる人はとても貴重だろう。

「……オリエ、もう公爵家のためなんて考えなくていい。お前の好きに生きてほしい」

「好きに？　わたしは今、市井《しせい》で子供達のために立ち上げた仕事を自由にさせてもらっています……それに……お父様は公爵家のためにイアン様と結婚させたのでしょう？　わたしにはその価値がもうないということですか？　だから好きにしていいのでしょうか？」

「違う、そうじゃないんだ。すまない、オリエがそんな気持ちになるのは、わたしのせいだな。お前の婚約は、王家が求める『色』から決まったことだったんだ」

「王家の求める『色』？」

「王族にはブロンドの髪の者が多いのは知っているだろう？」

「はい、確かに」

「なぜそうなのか、習ってはいないだろう？」

「……はい、教えていただいておりません」

「お前が王妃になった時に伝えられるはずだった。わたしはお前が殿下の婚約者にと王家から打診があった時に告げられた。『王族は希少なブロンドの髪を持つ女性からしか妻を選ばない。それが伝統であり、王族である証拠だからだ』と」

「そうだったのですか？　でもわたしはもう王太子妃ではありません。そんな大事なことを知ってよいのですか？」

「陛下から『オリエに自分が選ばれた理由を伝えねばならぬ時が来れば、告げてもよい』と許可を得ている。もちろん他言無用だ、それだけは心得てくれ」

「……わかりました。でも側室の方はブロンドではありませんよね？　王妃になる方だけですか？」

「そうだ、跡を継ぐのは基本王妃の子供だからだ。稀《まれ》に側室がブロンドの髪の息子を産めば後継者候補になることもあるし、国王になった者もいたが……お前のその見事なブロンドが王家の目に留まったんだ……王命による婚約は断ることはできなかった。今更言い訳でしかないがな」

「わたしは公爵家の繁栄のためだと思っていました。それでも……イアン様に……イアン殿下に恋をしていました。辛い王太子妃教育だって、好きな方の横に並ぶためだと思えば耐えられたのです」

「お前が殿下を好いていたのはわかっていた……なのに辛い目に遭っていても救いの手を差し伸べなかった。お前からすれば政略結婚だから仕方がないとしか思えなかっただろう」

「……今のわたしに価値はありません。だからいずれは市井《しせい》で暮らしたいのです。でもまだまだ必要とされるなら、お父様のために喜んでどこにでも嫁ぐつもりでおりました」

「お前に価値があるかないかなど考えていない。大切な娘になぜ価値などつけなければいけない？もういいんだ、大切なオリエには好きな人と幸せになってほしいんだ」

「好きな人？」

「そうだ、お前がこれから出会うかもしれない、好きな人と幸せになってほしい」

「これから出会うかもしれない、と？」

「殿下と今更会わせたいなんて考えていなかった。だがオリエも今までの殿下の不審でしかない態度の理由を知る権利はあると思った。わたしから話すより、本人から聞いてお前がどう感じるのか……今のお前なら殿下の言葉を受け止めて前へ進んでくれると思っている。もう弱くて殿下を慕うだけのお前ではない。自分の足で立ち、自分の意思で進むことができると信じている。だから今回は、殿下の申し出を受け入れた」

「本当に自分の力で前へ進めるのでしょうか？」

「ああ、大丈夫だ」

「わたしは……イアン殿下を愛していました。愛されていなくても彼を愛していました……この気持ちを完全に捨てて前へ進めるのでしょうか？」

自分でもわからない。

自分の気持ちに戸惑うばかりだった。

お父様からはイアン様がお見えになるのは午後だと言われた。

昨夜はあまり眠れなかったから、大きな欠伸《あくび》が出る。午前中はダラダラと過ごそうと思っていたけれど、マチルダを筆頭に侍女達はわたしを着飾ろうと部屋にやってきた。

「あまり頑張らなくてもいいわ、お会いして恥ずかしくない程度にしてほしいの」

マチルダはわたしの気持ちがわかったみたいで何も聞かないでくれた。

「わかりました、では一応用意をさせてもらいます」

もう彼の前で美しくいる必要はない。

そして軽い昼食を摂《と》った後、イアン様が来られた。

お父様とお母様と一緒に出迎えて挨拶を終え、わたしとイアン様の二人にしてもらった。

元夫婦なので二人っきりでも大丈夫だからと人払いした。もちろん廊下には護衛が数人立っている。

「お久しぶりでございます。突然実家に帰ってしまい、そのまま離縁となりました。ご迷惑ばかりおかけして申し訳ございませんでした」

まずは無礼を詫《わ》びた。

久しぶりにお会いするイアン様はとても疲れているように見える。

わたしが眠り続けていた時、イアン様が駆けつけ助けてくれてジーナ様について話していただいて以来だった。あの時はまだ目覚めたばかりで、ぼんやりとした状態で暗殺のことやジーナ様のことを聞いたので、きちんとしたお詫《わ》びを言ったのかお礼を言ったのかよく覚えていなかった。

「イアン殿下……助けていただきながら、きちんとお礼をお伝えしていなかったかもしれません……ありがとうございました」

「いや、そんな礼はいい……。バーグル公爵令嬢、わたしは貴女《あなた》に謝罪をしなければいけない。貴女《あなた》に謝られることもお礼を言われるようなことも……何もしていない。……すまなかった、君に対してずっと不誠実で酷い態度だった。わたしは……君を愛していた」

「………」

わたしの名前は彼の中で消えていた。

――愛していた？　どこがですか？　もうわたしはオリエではないのね？

そう聞きたかった。でも今は黙って聞こう。

「わたしは君を好きなのに認めることができず、ジーナ達と楽しく過ごすことを選んだ。学生の間だけの、お互い軽い関係だった。それが間違いだと気がついた時にはもう遅かった。ジーナとその父親は君を排除して正妃の座に就くことを望んだんだ。それは君の暗殺を意味した。わたしはそれを阻止するために君に『影』をつけ、君を愛していないと思わせる態度を取り続けたんだ。側室として娶《めと》ったジョセフィーヌに対しても同じだった。彼女には仲睦《なかむつ》まじいフリをしてもらうように頼んだんだ。君を心から愛していた。でも愛していることを知っているのはわたしの周りだけ。みんなには君へ伝えないように頼んでいたんだ」

「……なぜでしょう？」

「……すまない、君を愛していたんだ、愛しすぎて……素直に君に言えなかった」

「ジョセフィーヌ様と殿下はとても愛し合っているようにしか見えませんでした」

「彼女には祖国からついて来た恋人の護衛騎士がいたんだ。近い未来、離縁することを約束し、ジーナ達の目を逸《そ》らすために仲の良いふりをした」

「でも、それではジョセフィーヌ様のお命が狙われたのではないですか？」

「ジーナ達が求めたのは正妃の座だ。ジョセフィーヌの髪色では正妃に選ばれることはない。だからもし……君がいなくなったとしてもジョセフィーヌが正妃にはならない。だから頼んだんだ」

「髪色？　そうですね、わたしはその髪色で選ばれたと父に聞きました」

「この国の王妃はずっとブロンドの髪の女性となぜか決まっていてね、だから君に決まったんだ。

ただわたしは知らなかったんだが、君が生まれる前はジーナが第一候補だったらしい。だけど君が生まれて、その見事なブロンドの色と公爵令嬢であること、さらにバーグル公爵家という清廉潔白《せいれんけっぱく》な家の直系だということで君が選ばれたんだ」

「そうだったのですね」

「ジーナの家も公爵家だ。ただ、ブルーゼ公爵には以前からいろいろと黒い噂が立っていたらしい。それもあって君を婚約者にしたようだ。わたしにとってバーグル公爵令嬢は、出会った時から妹のような存在だった」

殿下は一旦言葉を切って俯《うつむ》いた。

わたしは黙ったまま続きを聞く。

「なのに、いつの頃からか君を一人の女性として愛してしまった。自分自身、それに気がついたのがジーナと別れてからだったんだ……もうその時には君に素直に愛していると言えなくなっていた。十八歳のわたしが、まだ十三歳の君に欲情するなんて……気持ち悪いだろう？　自分でもおかしいと何度も自身を戒めようとした。だけど、何度も君への恋心を忘れよう、政略的な婚約だと気持ちを切り替えようとしたのに、君に惹《ひ》かれていくのを止められなかった」

「わたしを本当に愛していたと？」

「本当だ。すまない、なのにジョセフィーヌとの仲を見せつけて君を蔑《ないがし》ろにした。……彼女を側室として娶《めと》ったのは……彼女の母が陛下の妹だったからなんだ」

「陛下には妹君などいらっしゃいませんが？」

「……公にはなっていない。前国王がまだご存命だった頃のことなんだが……隣国への援助の一部が国庫から支出されていないとわかり、父上に理由を問いただしたんだ。その時に父上が告白された。『国王の庶子のためだ。父が侍女に手を出して孕《はら》ませたのだ』と」

わたしは驚愕のあまり、言葉を失った。

殿下はわたしの様子を見て頷《うなず》き、国王の言葉を続けた。

「『親子は市井《しせい》で平民として暮らしていた。国王が秘密裡《ひみつり》に生活の援助をしながらな。わたしが妹の存在を知ったのは父上が病床に臥《ふ》した時だった。自分には妹がいるとわたしに話したんだ。死ぬ前に会いたくなったのだろう。住処《すみか》も知っていたから、すぐに父上に会わせることができた。妹は王族としての暮らしに興味を示さなかった。だが父上は隣国の侯爵家に妹を嫁がせるよう、手筈《てはず》を整えていたんだ。妹は嫌がったが抵抗もできず、嫁ぐことになった。父上なりの娘への愛情だったのだろう、本人にとっては迷惑な話なのだが。だが妹は夫に大事にされて幸せに暮らしたそうだ。ただ、その娘であるジョセフィーヌが騎士と結婚したいと言い出して、妹は自分が死ぬ前になんとかしてやりたいと思った。自分は意に沿わぬ結婚をさせられたから、せめて娘には好きな人に嫁がせてやりたいんだろう』。これがわたしが彼女を娶《めと》ることになった事情だ」

「わたしがそんな重大な秘密を知ってもよろしいのですか？」

「陛下に許可は得ている。陛下は君に『今更だがすまない』と言っていた。君を傷つけるとわかってはいたが、この真実は告げられなかったらしい。わたしもこれを知ったのはかなり後だったんだ。ジョセフィーヌに恋人がいると知ったのは、彼女との初夜に彼女を抱けないと話したら彼女も『自分には恋人がいるから助かった』と告げられたからだ。でも彼女も自分の母のことはわたしに伝えてはくれなかった。この話は陛下とジョセフィーヌだけの密約だったみたいだ」

「ジョセフィーヌ様のお子はではその恋人様との？」

「たぶんそうだと思う。わたしの子ではない。それははっきりと言い切れるし、城の者達もわたしが彼女の部屋へ行ったことがないと証明してくれる。彼女は今、姉の嫁いだ国で恋人とお腹の子と幸せに暮らしていると思う」

「わかりました、お父様がなぜ話さなかったのか。でももう今更です」

「わかっている、今更だと言うことは……」

「わたしの恋心はジョセフィーヌ様と二人で仲良く過ごされる姿を見続けている間に、壊れて消えてなくなりました」

「……すまない、わたしが愚かだった。それで君を守っているつもりだった。たとえそんなことをしていてもジーナ達の罪を見つけて証拠を集め、捕まえてしまえば……君に本当のことを話せば、君と新しい人生を歩めると思っていたんだ。いや、思い込もうとしていた。愚かだと気がついても、もう今更わたしの態度を変えることはできなかった」

「…………イアン殿下……お話は聞かせていただきました……おかげで前に進むことができます、ありがとうございました。もう元には戻りませんが、貴方が幸せになられることを一家臣として願っております」

わたしはイアン様に頭を下げた。

ううん、イアン様が部屋を退出するまで頭を上げなかった。
上げられなかった。
イアン様はそんなわたしに「すまなかった」ともう一度言ってから部屋を出ていった。
完全に足音が遠ざかってから、ようやくわたしは頭を上げた。
――どうしてこんなに涙が溢《あふ》れるのだろう？
もうイアン様への恋心はあの離宮に捨ててきたはず。
なのに、空っぽだったわたしの心が重くて……どうしようもなく苦しい。
本当は駆け出して縋《すが》りつき、「わたしも貴方を愛しています」と言いたい。
でもわたしは一度、ううん、何度もイアン様にこの恋心を壊されてきた。
壊されてしまった心は、真実を聞いても元には戻らない。
なのに、涙は溢《あふ》れる。
愛していたのに、愛されなかった。
愛されていても、彼の心はわたしには全く届かなかった。
こうしてわたしの恋心は本当に消えてなくなった。
追いかけたくなる心は、涙が全て流してくれた。

◇　◇　◇

久しぶりに会ったオリエはさらに美しく輝いていた。

俺のそばにいた頃の自信なさげな表情は消え、生き生きとして見えた。

俺は結局彼女に真実を話しながらも少しだけ期待していた。

もしかしたら……と。

もう彼女と戻れないことはわかっていたのに。

それでも本当のことを伝えてよかった。

彼女の最後の言葉に、思いっきり心を抉《えぐ》られた。

もう元に戻ることはない。

彼女は俺とは違う道を前に進んでいくのだ。

彼女は頭を下げ、俺が立ち去るまで頭を上げないと気づいた。

それが俺への最後の別れだった。

だから、何も言わずに立ち去り、その後、公爵達に挨拶だけして城に戻った。


俺は一月余りとにかく仕事に励んだ。

俺の仕事は側近達に、できることは全て引き継ぐ。

王族しかできない仕事は俺の従兄《いとこ》に頼んだ。

ヴァンサン侯爵について報告した際、陛下に俺は王位継承権を放棄したいと申し出た。

俺がバカなことをしたせいで、オリエに辛い思いをさせて命が狙われた。ジーナだってジョセフィーヌだって、俺のせいで巻き込まれた。

俺は責任を取って王太子の地位を退くつもりでいた。

しかし陛下は、王太子はお前しか考えていないので辞めさせることはできないと拒絶された。どうしてもと言うなら、少しの間国外へ出て自分の力だけで生きてみろと言われたのだ。

国民達の本当の生活を知ることが今から先、役立つ。

俺は陛下のその言葉を受け入れ、国外へと出て行くことにした。

父上には言っていないが、このまま他国で平民になるか、王太子あるいは王族としてこの国に戻るか……まだ決めていない。

周りには俺は他国に留学することになっている。

そのため、従兄《いとこ》達が俺の代わりにしばらく仕事を手伝う。

「ブライス、今までありがとう」

俺がブライスに頭を下げると
「殿下、やめてください！　俺は貴方の帰りをずっとお待ちしております。殿下の執務室は何があっても死守しますので、必ず帰ってきてください」

ブライスは涙ぐんで俺との別れを惜しんでくれた。

陛下にお会いして挨拶をした。

「しばらく外の世界に行ってまいります」

「気をつけて行け。お前の席は空けておく。いいな、ここにお前が帰る場所があるんだ。お前にはこの国を守るべき責務がある。苦労するだろうが、成長して帰ってくることを楽しみにしている」

「ありがとうございます」

母上は何も言わずに俺を抱き締め、そして別れた。

俺は馬一頭と着替えの服、ひと月ほど暮らせる金だけを持って目的のない旅に出た。

王太子殿下でしかない俺がどうやって暮らすか？　そんなこと何も考えていない。

でも、父上は新しい身分証をくれた。

この身分証が国外に出ても高等部を卒業したと証明してくれるので、雇われる時に困らない。

数日馬で走り、隣の国へ入って馬は売った。ここからは船で訪れたことのない国へ渡る。

旅の途中で何度か耳にした国へ興味が湧いた。名前だけは聞いたことがあるまだ新しい国。

『アルク国』

悪政が続き、国内外から評判が悪かった王族達。他国の協力の元、反乱軍に攻められて王家は滅び、今は新しい若き国王が治めている。

俺は我が国とまだ関わりのないアルク国へ行くことにした。

敗れた王族、新しい王。俺達の国でもいつ起こるかわからない。

権力に驕《おご》り、好き放題に過ごせば、王族の首なんてすぐに取られてしまう。だが、国王としての実力を強く持っていなければ、家臣は王家を侮《あなど》り腐敗した者達が増える。

だから幼い頃から国王になるための厳しい躾《しつけ》をされ、勉強をしてきた。

政務ならいくらでもこなせるし、難しい案件こそ死ぬほど夢中になれる。あの充実した感覚はもう中毒のようなものだ。

それなのにオリエのことになると、途端に上手くできなかった。俺は愛する人を傷つけて、あんな顔にさせてしまった。

オリエが最後、俺に頭を下げたままの時、肩が震えているのがわかった。オリエは泣いていた。だから俺が立ち去るまで頭を上げなかった。俺の前で一度も泣いた顔を見せてはくれなかった。いや、俺が見ようとしなかった。だからオリエは俺の前では泣けなかったんだ。

そう考えると、俺の心はギュッと苦しくなる。今更……俺は泣いているオリエを抱きしめることもその涙を拭ってやることもできない。そんな資格すらない。オリエの幸せを願うしかできない。

第二章

俺は平民としてアルク国で暮らすことにした。

まずは安宿に泊まり、仕事探しを始めた。

宿屋の親父が気の良い人で仕事探しをしていると言ったら、紹介所へ行くといいと教えてくれた。仕事を紹介してくれる、庶民にはありがたいシステムだ。

早速そこへ行き身分証を見せた。新しい国であるアルク国に仕事を求めて来る若者が多いらしい。

この国の若き国王は、新しい改革を行っている。

国民の声を聞けるようにと各町の平民の中から代表者を数名選んだらしい。総数は数百人、加えて貴族の代表達が話し合う場を設け、現在困っていること、もっとこうした方がいい、など意見交換をしている。そして助け合いながらアルク国は少しずつ国民全体の生活が豊かになってきている。

そんな国に若者は夢を持ち、この国を目指す。

俺もその中の一人だ。

紹介所の人は俺の経歴を見て「貴方は高等部を卒業して、数学と語学が得意なので一度王宮で文官の試験を受けてみてはどうでしょう」と勧めた。

まだまだ優秀な人手が足りていない王宮内は数か月に一度試験があり、採用しているらしい。

その試験が二週間後に行われると教わり、急ぎ申し込みをしてもらった。

それから二週間は安宿で久しぶりに試験勉強に励んだ。

持ち金は少なかったが、母上がもしもの時にと俺に持たせてくれた宝石を売りなんとか食い繋《つな》ぐ。

そして、試験を受けて結果が出るまでは安宿の親父の仕事を手伝った。

初めての食器洗いに掃除、洗濯と思った以上に大変で、でもこれから一人暮らしをする俺にとってはありがたかった。

今までは旅の間は宿で全てお金を払い洗濯は頼んでいた。

だがこれからは自分でこなさなければいけない。何もできない俺は、今やっと人並みのことができるようになったところだ。王太子という立場を捨てれば、俺に残されたのは勉強ができることと剣術が得意なことくらいしかなかった。

「最初はまともに掃除もできなかったけど、今じゃお前に任せられるようになったし食器も綺麗に洗えるようになったな。文官の試験に落ちたら、うちの宿屋で雇ってやるよ」

気の良い親父が俺の肩をバンバン叩いて言ってくれた。

「あー、親父、俺、雇ってもらうのはちょっと考えるけど、文官の試験に受かったらしばらくここに住みたいんだ。家を借りるとなったら金もかかるし、ここなら食事に困らないしね」

「一部屋ずっと借りてくれるなら安くするよ」

「助かります」

俺はなんとかこの国で生きていけそうだ。

◇　◇　◇

イアン様と会ってから数日後、わたしはアレック兄様と話した。

「兄様……ごめんなさい」

わたしはその一言しか言えなくて……

いつも大事に見守ってくれていた兄様に、恋心を抱くことはできなかった。

お父様が「結婚しろ」と命令してくれれば受け入れたと思う。

でも、わたし自身が結婚したいとは思えなかった。

兄様はくしゃっと顔を歪《ゆが》めたけど、「君にとって俺は兄でしかなかったことはわかっていたんだ、これで気持ちに整理がついた」と言った。

わたしはもう下を向いたままではいない。

兄様を見て「ありがとうございます、こんなわたしを好きになってくれて」とお礼を言ってお互い笑顔で終わった。胸が痛くないと言ったら嘘になるけど、わたしはもう自分は価値がないからと悲観しない。

そして満月の夜、わたしはカイさんが来るのを待った。

「お、今日は起きていたのか？」

「はい、カイさんは必ず今日来てくれると思っていました」

「で、どうする？」

「わたし、カイさんについて行きたいです。でも、カイさんに恋愛感情はありません。わたし、まだおじさんみたいに年の離れた方を好きにはなれません」

「ククッ、俺っておじさん？　まだ三十一歳なんだけど？」

「だってわたし、やっと十八歳になったんですよ？」

「大丈夫、俺も年下は趣味じゃないんでね。人として本当にお前を気に入ったから誘ったんだ。お前はこんな狭い世界で生きるのはもったいない。外の世界を見たらいい。俺は殺し屋だけど、誰でも殺すわけではない。一応俺にも信念はある、こいつは悪でこの世の迷惑でしかないと思わなければ仕事はしない」

「あ、だからわたしは殺されなかったんですか？　わたし、悪ではなかったんですよね？」

「うん、まあ、悪ではないな。面白い仕事だから引き受けたんだ。殺しはしないけど殺そうとしているように見せかけて、別の殺し屋を阻止してほしいなんて、なかなかない依頼だからな。そして次は本当に殺してほしいと依頼された。君って狙われるのが好きなの？　と思ったよ」

「それ、全てわたしの希望ではありません！」

「確かにね、でも君は弱くて守られるだけのお嬢様でないことはよくわかったよ。剣や乗馬もこなすし、市井《しせい》に出て子供達と接する姿も面白い。子供達のために必死でなんとかしようとする姿にも感心したよ。でもこの屋敷にいる限り、君は自由ではいられない。いずれはまた誰かに嫁ぐだろうし、君は親のため、公爵家のために嫁ぐことを厭《いと》わないだろう？」

「はい、お父様に言われれば誰にでも嫁ぐつもりでいます。でも本当は公爵家から離れたかった。公爵令嬢ではなく、ただのオリエとして生きてみたい」

「だから、外に連れ出そうと思ったんだ」

「わたしも外の世界へ行ってみたい。市井《しせい》で暮らすつもりで料理も教わっていました。どうかわたしを連れて行ってください」

「わかった、だが、行くなら今からだ。誰にも挨拶せずに行くことになるけど、後悔はしない？」

「はい、たぶんそうなると思って、みんなに手紙を書いておきました」

「覚悟は決まっていたのか？」

「はい」

わたしは笑みを消して頷《うなず》く。

カイさんはわたしを抱えて軽々と窓から飛び出し、厳重な門を飛び越えた。

どうしたらこんな身体能力が備えられるのかしら？

「不思議か？　『影』は子供の頃から、血を吐きながらも無理やり体に覚えさせられるんだ。暗躍の仕方を。そして殺し方を」

そんな話をするカイさんは少し苦しそうに顔を歪《ゆが》め、でもわたしに優しく笑った。

「だが今は解放されたんだ。俺を縛りつけた王族は居なくなった。だから俺は自分がしたいと思うことだけを選んで生きていく。オリエ、お前は俺の歳の離れた妹。これが身分証だ」

そう言ってわたしに新しい身分証をくれた。

わたしはただの「オリエ」になった。

カイさんは口は悪いけど、本当はとても優しい人。

そして、カイさんが連れて来てくれた国には彼の家族がいた。

そう、カイさんには奥様と子供がいるのだ。

最初聞いた時驚いたけど、カイさんは奥様にわたしの身の上を話して了解を得ていたそうだ。

カイさんの奥様はカイさんの二つ年上で三十三歳、子供はわたしより二つ年下の十六歳の女の子。

奥様の連れ子さんだそうだ。

「貴女《あなた》がオリエね？　わたしはメルーよ、そして娘のマーラ。よろしくね」

「オリエ様、よろしくお願いします」

マーラはとても愛らしい子で、人見知りもせずわたし達はすぐに仲良くなった。

高等部に通っているらしく、わたしはマーラに勉強を教えたり、メルーさんの家事を手伝ったりしている。

カイさんはしばらく家を空けることが多い。たまに帰って来ると数週間家族と過ごし、またどこかへ出かける。そのことを誰も聞かないし、話題にも出さない。それがこの家のルール。

この家に住み慣れてきたら仕事を探す予定だ。できれば一人暮らしをしたい。

数か月後、わたしは、大好きな剣術と乗馬を活かせる、子供の頃からの夢だった女騎士を目指すため、その試験に臨んだ。そして、見習いとして合格できた。

これもカイさんのおかげだ。試験前にずっと指導してくれた。

さらにメルーさんは元女騎士だったので、いろんなことを教えてくれた。

この国は悪政で一度滅んだ。その頃、メルーさんは女騎士として弱い人をほとんど助けられなくて悔し涙を流したらしい。そんな時知り合ったのがカイさんだった。

一人で娘を育てながら真摯に女騎士を務めるメルーさんに、カイさんが面白おかしく話しかけてきた。その当時はイライラさせられたらしい。

――想像できるだけに怖い。

でも仕事中、メルーさんでは歯が立たない高位貴族から理不尽なことをされた時、カイさんは「助けてあげようかぁ?」と笑いながら目の前に現れた。サラッと貴族を地に腹ばいにして、笑顔でナイフを貴族の首に当てた。

「死ぬ?　それとも助けを乞う?」

カイさんは誰にでもそんな感じだ。おもちゃのようにナイフを操る。

そんなカイさんとメルーさんは結ばれたらしい。

わたしは二人のおかげでのんびりとこの国で過ごすことができる。

「カイさんのおかげでわたしはやっと笑えるようになりました。自由に生きることがこんなに楽しいなんて思わなかった、ずっと諦めていた女騎士にもなれました」

「オリエはずっと顔の表情が硬くて、死んだような顔で生きていたんだ。今の顔が俺は好きだ」

「わたしもオリエの笑顔が好きよ」

「ありがとうございます」

それからすぐにわたしは女騎士の見習いとして働きだした。

仕事は毎朝職場に行くと朝礼から始まり、まず鍛錬をする。

そして各職場に分かれて、仕事を始める。

見習いのわたしは、王城内の見回りが主な仕事。正騎士の先輩と対で決まったルートを回る。

「オリエはいつも楽しそうね」

先輩は、わたしの表情がくるくる変わるのが見ていて面白いらしい。

「だって毎日が新鮮なんです。この国の人達はみんな明るくて生き生きしています。働く人の姿を見るだけで楽しいし、庭園の花は色とりどりで癒されます。空が青いことも空気が美味しいことも、いつの間に忘れていました。わたしは素敵な景色に感動することも忘れていたのだと、この国に来てから気がつきました」

「そんな大変な暮らしをしていたの？」

「うーん、というか……勉強ばかりでした。小さな頃から……それしかなかったんです。自由がこんなに楽しいなんて……それにわたし、今、自分でお金を稼いでいるんですよ！」

「そっかあ、オリエは自分でお金すら稼いだことがない……貴族の令嬢なのね？」

「……そうでした。今はただの平民です」

――そう、わたしは今は平民になった。

お母様とお父様に居場所は伝えなかったけど、元気に過ごしていると手紙を書いて知らせた。かなり怒っているだろう。悲しんでいるかもしれない。いつか帰って謝りに行きたいとは思う。

そう、いつか……

「あ、カイさん？」

王宮内を見回りしている時、カイさんらしき人を見かけた。

——見間違いかしら？

だっていつもの気取らない服装ではなく、きちんとした格好だった。

まるで高位貴族のような雰囲気で近づき難い感じがした。

カイさんがこの王宮にいるのは、誰かを暗殺するため？

それとも何か用事があったのかしら？

「先輩、そろそろ休憩の時間ですよね？　わたしは少し用事があるので失礼します」

わたしは慌てて後を追った。よくわからないけど今追わないと後悔する、直感でそう思った。

でも何かする場面を見たわけでもないし、ましてや『兄』が暗殺を行うかもなんて先輩に言えるわけがない。わたしはカイさんの後を気づかれないように少し離れた位置で追った。

——どこへ行くの？

普段わたしが行かない奥の方へと向かっている。

カイさんは誰にも止められずに奥へと向かう。

わたしは騎士服を着ているとはいえ、いつ誰何《すいか》されてもおかしくない。

——どうしよう、もうこれ以上は行けないかも。

いつ止められるかわからない。ビクビクしながら追いかけた。

気がつけばわたしが立ち入ることができないはずの奥まで来ていた。

カイさんが入った部屋を物陰に隠れて見つめていると、「おい！」と誰かが肩を叩く。

「えっ？」

驚いて後ろを振り向くと、カイさんがニヤッと笑っている。

——え？　いつの間に後ろに？

「オリエは仕事をサボって、何ついてきてんだ？」

「あ、あ、だって、最近家に帰ってこないカイさんが、そんな立派な格好で王宮内を歩いているから、また何か悪いことでもしているのかと思って……」

口をもごもごさせているとカイさんはわたしの頭をペシッと叩いた。

「い、痛いです！」

「まったく……ついてこい！」

「え？　どこにですか？　わたし、勤務中です」

「サボっているくせに何言ってるんだ、ほら、行くぞ」

腕を掴《つか》まれ、先程様子を窺《うかが》っていた部屋へ引っ張られた。

「こ、ここは一体どなたの部屋ですか？　この辺りは立ち入りを禁止されているんです」

わたしは部屋の中に入らないように、必死で扉の前で抵抗した。

「ククッ、それなのにここまでついて来たのか？」

「そ、それは……だって……」

「俺が何をしでかすか、心配したんだろう？」

「う、ううん⁉」

目をパチパチとさせてカイさんを見た。

「おい、入るぞ。紹介するから、な？」

そう言って無理やり入った部屋にいたのは……想像通りのお方だった。

「国王陛下にご挨拶申し上げます。わたくしは見習い騎士をしているオリエと申します」

咄嗟《とっさ》にわたしは深々と頭を下げた。

「カイ、お前が連れて来た令嬢は、向こうの国で美しいと称されているだけあるな」

わたしは頭を上げて陛下を見た。

「オリエの噂は聞いている。公爵令嬢で一度は王太子妃であられた優秀な方だ。今はここで見習いの女騎士として働いていると聞いた。会いたいと何度も頼んでいたんだが、やっと会えたな」

「ありがたきお言葉です。とても光栄に思います」

わたしは公爵令嬢としての笑顔を久しぶりに思い出しながら微笑《ほほえ》んだ。

「そんなに固くなるな。カイの妹なら俺の妹と同じだ」

――カイさんは殺し屋さん。なのに、こんなに親し気なのはどうしてなの？

「オリエは、俺と陛下の関係が不思議なんだろう？」

わたしは思わず顔を手で押さえた。

――そんなに顔に出ているのかしら？

「俺と陛下は昔からの知り合いなんだ。だから俺が陛下を殺すことはない。陛下を守ってやることはあってもな」

「カイ、俺はお前に守られることなんてないぞ、俺の剣の腕前は知っているだろう？」

「はいはい、俺の次に腕が立ちますからね」

カイさんは小馬鹿にしたように笑った。

「お前より腕が立つ者には負けるが、お前と同じか下なら俺は負けない」

「ほんと、守りがいがないんだからな」

二人が本当に親しいのがわかる。

こんな気安く話せるなんて、カイさんは本当に凄い人なんだと感心した。

「で、オリエ嬢はカイが心配だったのだろう？」

わたしに突然話を振ってきたので、慌てて姿勢を正した。

「はい……いえ、そんなことはありません」

陛下はわたしを見つつ、笑って仰った。

「カイは俺に会いにきただけだ。最近は大人しく俺の頼まれたことを調べるだけで危険な仕事はしていない。オリエ嬢が心配するようなことはない」

「……よかった」

わたしはその言葉を聞いて安心した。

それから、見習い騎士のわたしがなぜか陛下に気に入られ、時々呼ばれてお茶をご一緒にするようになった。

「今日のお茶はどうだ？」

「これはムイサナ国の茶葉ですね？　確か去年は雨が降らなくて味が落ちていましたね？　今年は天候に恵まれたと聞いております。とても美味しくなったと聞きましたが、これほどとは思いませんでした」

「流石《さすが》オリエ嬢、よくわかったな。じゃあ、このお茶菓子は？」

目の前に置かれたお菓子はあまり見たことがない。おそらく小麦粉でできた、花の形を模したものだが、パン生地でもなくスポンジ生地でもない。パイ生地でもタルト生地でもない。

「……これは東洋の……名前はジーク国の……珍しいお菓子ですよね？　輸入はできませんよね、日持ちしないはずですから……」

「ふーん、これを知っているのか」

陛下は呆れた様子でわたしを見た。

「王宮にいる時、ジーク国から訪れたお客様の料理人が、わたしがお菓子が好きだと知って作ってくださったのです。その味はとても優しくて……今も忘れられません。まさかまたこの味に出会えるなんて」

わたしは一口頬張り、「美味しいです」と呟《つぶや》いた。

「ではわたしは仕事に戻ります、休憩の時間がそろそろ終わりますので」

「ああ、そんな時間か。仕事に励め」

「かしこまりました」

わたしは陛下の執務室を出た。

「はあ、疲れる」

陛下の前では昔の公爵令嬢のオリエの顔をしなければいけない。それが最近は面倒で、疲れる。

「オリエ、また休憩中、どこかに行っていたのね？」

「すみません、仮眠していました」

嘘は苦手だけど本当のことは言えないし、そろそろ陛下からのお茶の誘いは断ろう。


最近はカイさんも家に帰ってくるのでメルーさんもマーラもニコニコしている。

やっぱりカイさんくらい明るい人は家にいてくれるだけで雰囲気が明るくなる。

「メルー、明日は二人でデートだ！　お前達はついて来んな！」

明日は休日。学校も仕事もお休みだ。

「言われなくても行きません！」

マーラはムスッとしたままわたしの顔を見て「オリエ姉さんはどこか行くの？」と聞いてきた。

「明日は午前中だけ仕事だから、昼からならマーラに付き合えるわ」

「じゃあ、一緒に街にお買い物に行きませんか？」

「久しぶりだわ、急いで帰ってくるからね」

翌日、仕事を終わらせて急いで着替え、待ち合わせした街の中央にある公園へ向かった。

「マーラ、お待たせ！」

マーラは「そんなに急がなくても良かったのに」と笑いながら言ってくれた。

お腹が空いていたのですぐにランチを食べ、それからいろんなお店を回ることにした。

「オリエ姉さんはどこに行きたい？」

「わたしはできれば本屋に行きたいわ」

「じゃあ、後で行こう、先に近くから行ってもいい？」

「もちろんよ」

二人で雑貨屋さんや布を売っているお店、お菓子屋さん、買えないけど宝石店など見て回った。

仲の良い人とゆっくり買い物をして回るなんて今までしたことがなかった。

カイさんについてきたおかげでこんなに楽しい時間を過ごせる。

目的の本屋さんへ行くと、置いてある本の種類がかなり多いのに驚いた。

「オリエ姉さんは何を読みたいの？」

「この国の歴史についてと諸国の食べ物について書かれた本を買いたいの、でもあるかしら？」

「なんか変な本ばかり。恋愛小説とか読まないの？」

「以前は読んでいたけど、今は興味ないわね……」

「わたしより二つ年上なだけなんだから、恋愛に興味を持たないともったいないわ」

「うーん、今はいいかな」

「どうして？　オリエ姉さんのことを可愛いとか綺麗とか、みんな言っているわ。その気になればいくらでも恋人ができると思うの」

「恋人？　考えたことなかったわ、わたしにもいつかそんな恋愛ができるかしら？」

まだまだ、恋に恋する可愛いマーラを見て笑った。

もうそんな感情なんてない。恋をしていたのはもう一年以上前の話。わたしには恋愛など必要がなくなった。

マーラにはわたしが結婚していたことも公爵令嬢であったことも話していない。でも彼女はわたしが訳ありだとなんとなくわかっていて、詳しく事情を聞こうとはしないでくれている。

本屋さんで本を見繕っていると、後ろから声をかけられた。

「お久しぶりでございます。オリエ様」

振り返ると、イアン様の側近のブライス様がいた。

「ど、どうしてここに？」

「わたしは仕事でこの国を訪問しております」

「……そう……わたし、あ、あの」

「大丈夫です。今は私用で買い物に来ております、オリエ様のことは誰にも申し上げません」

「ありがとう」

わたしが頭を下げてお礼を言うと、

「イアン様は現在、我が国にはおりません」

「え？」

——イアン様が国内にいない？

わたしが驚いているとブライス様は少し困ったように微笑《ほほえ》んだ。

「オリエ様がいなくなられた頃、イアン殿下も我が国を出られました。イアン殿下は王太子を辞退されるつもりでしたが、陛下がお止めになり、今は留学中ということになっております」

「そんなこと……わたしに言っていいの？」

「オリエ様はもう我が国の公爵令嬢ではなく、こちらの国で女騎士をなさっていると聞きました」

「知っていたの？」

「たまたま貴女《あなた》の騎士姿を拝見いたしました」

「そう……いつかはわかると思っていたわ……イアン様が今どこにいるのかご存じなの？」

「確認はしておりますが、それをお教えすることはできません」

「そうですよね」

イアン殿下があの国を出た。あんなに王太子として努力されてきた方なのに。

今どこにいらっしゃるのかしら？

わたしのせいで彼は苦しんだのね……今更彼のことを考えてもわたしには何もできない。

あの苦しい恋は終わったのだから。

ブライス様はわたしに会ったことは誰にも言わないでくれると言った。

そして別れ際、少し苦しそうな、悲しそうな顔をしてブライス様は去った。

わたしはもう両親とも会うつもりはない。両親が嫌いなわけでもお兄様が嫌いなわけでもない。全てわたしが我儘《わがまま》だからだ。

わたしはずっと自由に生きてみたかった。そしてこの今の幸せな生活を失いたくない。

わたしは酷い娘だとわかっている。心配させてしまっていることも……

それでも、あの籠の中で息苦しい生活はしたくない。

そんなある日、また陛下に呼び出された。

「オリエは祖国に帰りたいとは思わないのか？」

「わたしは今の生活をとても気に入っております。最近……ご存じだと思いますが、祖国の者と偶然会いました、でも彼はわたしを見逃してくれました。陛下のおかげですよね？　ありがとうございます」

「ふうん、知っていたのか？」

「もちろんです。殿下の一側近が、勝手にわたしの居場所を隠して報告しないわけがありません。陛下が口添えしてくださったのだと気づきました」

「お前はただの女騎士で終わるには惜しい。わたしの側室にならないか？」

「お戯《たわむ》れを。正妃であるマデリーナ様が悲しまれます。わたしをご存じなのに」

わたしは柔らかに微笑《ほほえ》みながら、目は陛下を冷たく見つめた。

「俺達夫婦には愛情などない。政略結婚だ」

「それでも一人の女性と一生を過ごされることを、わたしはお勧めいたしますわ」

「……俺はお前が欲しい」

「ならばわたしはこの国から出て行きます」

わたしは陛下に失礼かと思ったが、すぐに席を立って去ろうとした。

「待て！」

わたしの腕を掴《つか》んで、陛下はわたしを抱きしめた。

「お前が好きだ、王妃と離縁したらお前は俺のものになるのか？」

「いいえ、わたしは陛下のことをお慕いしておりません」

「ならばどうして俺のお茶会のために本を読んでいる」

「陛下のためではありません、わたし自身の見聞を広めたいからです。ですから陛下に対して何の感情もございません」

わたしがはっきり言うと陛下はさらに抱きしめてきた。

「お前が俺を何とも思っていなくても、俺はお前を俺のモノにする」

そう言うとわたしを引き摺《ず》り、どこか知らない部屋に入れられて鍵をかけられた。

「陛下！　開けてください！」

扉を何度も叩いた。大きな声で叫び、陛下を呼んだ。

外には同僚の騎士達が立っているはず。

「お願い、出してください！」

わたしの声は誰にも聞いてもらえない。陛下に見張れと言われれば、騎士達がわたしの言うことなど聞くわけがない。

やっと自由に生きることができたのに……

「わたしは側室なんかにならない！　何があっても嫌。陛下が無理やりわたしを娶《めと》られるなら、死を選ぶわ」

わたしは窓の外の夜空を見つめた。たくさんの星が輝き、普段なら綺麗だと思うのに、今は切なく、寂しく見えた。

もう何時間もこの部屋に軟禁されている。誰も訪れることはない。

「お腹が空いた……」

考えてみたら昼休みに陛下にお茶に呼ばれてから何も食べていない。朝食べたきりだった。

「軟禁するならせめて食事くらい届けてほしいわ！」

わたしはお腹が空きすぎて、仕方なく部屋にあった水差しの水をコップに注いで飲んだ。

「カイさん……助けに来てよ！　いつものように」

わたしは溜息《ためいき》を吐《つ》いた。

「来てあげたよ！　オリエ」

タイミングよく返事が聞こえてわたしは思わず苦笑いをした。

「遅いです！　お腹が空きました！」

天井を見上げ、天井板を外して降りて来るカイさんに文句を言った。

「これでも仕事こなして急いできたんだぜ？　陛下はお前を気に入り過ぎた。お前がキッパリと断ってこの国から出て行こうとするから、焦って部屋に閉じ込めたんだ」

「わたしが悪いのですか？」

「いいのですか？　陛下の暴走だ。さぁ、帰ろう」

「いいのですか？　黙って帰ってしまって？　カイさんが何か罰せられるのでは？」

「俺が？　罰せられる？　アレが俺にそんなことできるわけがないだろう」

「本当ですか？」

「大丈夫、陛下にはちゃんと話した。オリエにこれ以上、馬鹿なことはしないように、とな。オリエはこの国から出て行きたいか？　それなら俺はお前を他の国へ連れて行ってやる」

「……わたしはこの国が好きです。でも陛下の側室にはなりたくありません」

「それは大丈夫だ。アレには諦めろと伝えた。反省していると思うぞ、まぁ会いたくはないだろうけど。いつか会ったら謝罪くらい聞いてやってくれ」

カイさんと陛下の関係はよくわからない。でも陛下よりもカイさんの方がもしかしたら立場は上なのかしら？　それくらいカイさんは飄々《ひょうひょう》としている。

「カイさん……お家に帰ってメルーさんの作ったご飯が食べたいです」

わたしは涙を溜めながらカイさんの服を掴《つか》んで言った。

「メルーが喜ぶよ、さあ、帰ろう。二人とも待ってる」

わたしはカイさんにおんぶされ、堂々と扉を開けて二人が待っている家に帰った。

温かな食事に心底ほっとしつつ、涙目で美味しく食べた。

「オリエ、貴女《あなた》は我が家の家族なの。困ったことがあったらすぐに言いなさい。わたしは力になれないけど、カイならなんとかしてくれると思うわ」

「うわぁ、面倒事だけ俺任せかよ。まぁ、陛下に対抗できるのは俺しかいないからな。でもオリエも悪いんだぞ、お前が綺麗で優秀すぎるから陛下が本気になってしまったんだ。悪いのは俺じゃなくお前だ」

——うん？　ううん⁇　意味がわからない。

わたしはカイさんを睨《にら》んだ。

「わたしは女騎士として頑張っているだけです‼」

もう王妃にも側妃にもなりたくはない。それなのに、どうしてわたしが責められるの？

わたしは腹が立ち、頬を膨らませて怒った。

「お前は自分の価値をわかっていない。これからも誰かに、いつつけ込まれるかわからない。もっと立ち回りが上手くならないといけないな」

「そんな器用に生きてこられたら離縁もしなかったし、実家から出て行くこともなかったです！」

「え？　オリエ姉さんって離縁したことがあるの？」

マーラちゃんが驚いた顔をしていた。

次の日だけは仕事を休んだ。

サボったわけではない。軟禁された部屋が寒くて風邪をひき、寝込んでしまった。

「ぐしゅっ、あー、鼻が痛い」

洟《はな》をかみすぎて鼻がヒリヒリする。

やっと熱が下がったので明日からは仕事に行くつもり。もう二度とお茶に誘われても行かない。

夜、カイさんが仕事から帰ってきた後、寝ているわたしの部屋に顔を出した。

「オリエ、陛下にはしっかり苦言を呈しておいたからな。もう二度とお前に変なことを言わないし、仕事の邪魔もしない。もし何かしたら次は王の座から引き摺《ず》り下ろす」

——カイさんって何者？　でも、カイさんがこう言うのだから信用するしかない。

「カイさん、ありがとうございます、わたしもう少し寝ますね」

安心したのかまた眠たくなってわたしは眠りについた。

「オリエ、せっかく自由に生きられるようになったのに、ごめんな。アイツは国王だからそうはできない。だからお前に惹《ひ》かれたのかもしれないな。教養があって美しい、なのに自由でお前は輝いて見えるから……アイツを国王にして閉じ込めたのは俺なんだ。俺が国王になりたくないばかりに義弟を国王にしてしまった。俺の手は汚れすぎて王にはなれない。オリエのことはちゃんと守るから……安心して好きに生きろ」

わたしは夢うつつで、優しく話しかけるカイさんの声を聞いた。

話の内容は覚えていないけど、カイさんの声が心地良くて眠りながら微笑《ほほえ》んでいたようだ。

今朝は風邪もすっかり治って仕事へと出かけた。

先輩達に「大丈夫なの？」と心配されたけど、「元気です！　ご迷惑をおかけしました」とペコっと頭を下げて謝り、仕事に就いた。

王宮内の見回り中、またブライス様達に出会って通り過ぎた。

わたしは護衛騎士として賓客に対するお辞儀をした。

わたしは髪の毛の色もブロンドから茶色に染めているし、長さも肩までにバッサリと切っているので、わたしが元王太子妃だと気づいたのはブライス様だけだった。

まあ、ドレスを脱ぎ捨て騎士服になっているわたしに興味を持ってジロジロ見る人はあまりいない。何も言わずに通り過ぎる賓客達。

肩の力が抜けてホッとした時、わたしの背後から声がかかった。

「ちょっと君！」

わたしと先輩は、振り返って声の方へと向きを変えた。

「は、はい」

ドキドキしながら返事をした。

この中にわたしが見知った顔はブライス様だけ。他の人はたぶん文官だろう。今まで顔を合わせることはなかったはず。

「これ落としたよ」

わたしがハンカチを落とし、拾ってくれただけだった。

「ありがとうございます」

わたしは目線を合わせないように受け取ると、頭を下げて先輩の元へ戻ろうとした。

ブライス様は表情を変えずにわたしを見ていた。

「オリエ、大丈夫？」

先輩がわたしの名前を呼んだ。

「……オリエ？」

文官達はわたしをマジマジと見つめた。

「あ……オ、オリエ様？」

「は？　誰のことでしょう？　わたしはこの国の人間ですが？」

わたしは動揺を押さえ、堂々と嘘をついた。

「人違い……でした、すみません」

文官は謝罪して今度こそ立ち去った。

わたしは小刻みに震える体を隠して、先輩に笑顔で「行きましょう」と言った。

先輩は何か言いたそうにしていたけど、あえて何も言わないでいてくれた。

――この国でわたしはもう生きていけないのかしら？　やっと自由を手に入れたのに。

わたしは家に帰ると、両親に手紙を書いた。

逃げてばかりの人生をそろそろ終わりにするために、現状をつまびらかに伝える。

今いる国、平民になり女騎士として暮らしていることを全て書いた。

もし連れ戻されても仕方がない。覚悟の上で手紙を書いた。

◇　◇　◇

俺は今文官として働き出した。安宿の一部屋を住まいにして仕事に励む。

まだ新しいこの国は問題だらけだ。

それでもみんな助け合いながら問題を解決して前へ進もうとしていた。

俺は技官として土木や建築などの促進、簡単に言えば壊れた建物を作り直したり道を整備したりする部署に配属された。下っ端の俺は街に出て、とにかく歩いて回る。

争いでダメになった建物は多い。道もボコボコだ。どこから手をつけるか、見定めて決めていくのが俺達の仕事だ。予算は限られている。その中で優先順位を決め、町を再構築していく。

たかが文官一人の仕事なんて大したことができるわけではない。

それでも、俺が「ここに先に手を入れれば流通が良くなる」と意見を言えば、それをみんなが一緒に考えて受け入れてくれる。

その時のなんとも言えない達成感が気持ち良くて俺はこの仕事に夢中になった。

王太子として働いている時は、もっと大きな採決をして人を動かして大きな成果を出してきた。

でも、目の前で変わっていく実感はなかった。いつも紙の上で全てが完結していた。

今は自分の足で動き、見て納得して、そしてそれが成果となっている。

とにかく毎日ドロドロになるくらいぐったりとして宿の部屋に帰る。

おじちゃんが俺の食事をいつも用意してくれて、遅くなっても温めて出してくれる。

おばちゃんは「ほら汚い、風呂に入りなさい！」と言って俺のために湯を沸かしてくれる。洗濯物もおばちゃんがいつもしてくれる。

二人は俺にとって親みたいな人達だ。

俺の親は国王と王妃、尊敬はしていても親として接しはなかった。常に敬語を使い、頭を下げて他人のように過ごしてきた。おじちゃんとおばちゃんのように親しく話すなどしなかった。

このままこの国で、平民の下っ端の文官として一生暮らしてもいいかもしれない。

たまに女達が俺に言い寄って来る。でも、もう女は懲り懲りだ。適当にかわしていたらその気になって擦り寄るので、最初から冷たくあしらうことにした。

「イアンは女が嫌いなのか？」

「お前、一晩くらい相手してやれよ！」

同僚達は女なんて適当に遊べばいいと言うけど、俺はもういい加減な態度を取りたくない。話しかけられて返事をするだけでその気になられる。ならば最初から冷たくする方が楽だ。

「俺は好きになった女だけでいい」

「本当堅いな。そんなんじゃ人生楽しくないだろう？」

「今は仕事が楽しいんだ、いつか好きな人ができたらその時は大切にしたい」

「ふうん、イアン、真面目なのもいいけど損な性格だな」

同僚は呆れながら俺を見た。

◇　◇　◇

手紙を出してから数週間後、お父様から返事が来た。

お父様はわたしがこの国で騎士をしていることもカイさんの元でお世話になっていることも知っていた。カイさんがきちんと連絡を取ってくれていたのだ。

わたしは何もかも捨てて自由に生きているなんて甘く考えていたけど、カイさんにもお父様達にも見守られていたのだと気づいた。

手紙には『いつかまた会える日を楽しみにしている、幸せになってほしい』と書かれていた。

わたしはその手紙を胸にギュッと押し当てて泣いた。

親不孝な娘に会いたいと言ってくれたお父様、心配ばかりかけたお母様に、わたしはどんな顔をして会えばいいのだろう。

まだ会いに行くことはできない。いつかわたしが見習いから正騎士になったら、堂々と会いに行きたい。独り立ちしたわたしを見せに行こう。そして謝りたい。

ブライス様は帰る前にそっとわたしに会いに来て「お元気でお過ごしください」と言ってくれた。

「お父様達に元気にしているとお伝えください」とお願いした。

「居場所がわかってもよろしいのですか？」と聞かれて「ご存じだったみたいです」と、笑って答えた。

そして今……見習い騎士から正騎士になった。

一年間必死で頑張ってきた。短く切った髪は長くなっていた。染めていた髪もブロンドに戻った。

もう隠れることなくこの国で騎士として生きていける。

男性騎士からのアプローチはあるけど、今のところ興味がない。

陛下とはお茶をすることも話すこともない。わたしが任されている職場では陛下にお会いする機会はほとんどない。国王の住む王宮ではなく、官僚や文官が働く執務室などのある場所の見回りや警護が主な仕事だ。

たまに陛下を遠くで見るけど、王妃様と仲睦《なかむつ》まじく過ごされているようだ。

カイさん曰《いわ》く「お互い素直になれなかったんだと思う。オリエの存在がいいスパイスになって、王妃が慌てて陛下に素直になったんだ」と笑っていた。

——王妃様に恨まれなくてよかった。もう絶対に関わらないと心に決めている。

わたしは騎士としての役割を果たしながら、穏やかな時間を過ごしている。

◇　◇　◇

文官になって働き始めて一年が過ぎた。

俺の猶予はあと一年間。その間に留学という名の自由の生活を終わらせ、王太子として国に戻るかアルク国に残るか決めなければいけない。

ブライスからはたまに手紙が届く。そろそろどちらにするか決めてほしいと。

側近達は俺の席を空けて待ってくれている。従兄《いとこ》達も俺が戻ると信じている。

素直に帰るべきなのだとわかっている。

「この国での生活は俺にとって掛け替えのないものだ。まだもっと勉強したい……だけど時間はあと少し……」

悩みつつ仕事をしている時に上司から声が掛かった。

「イアン、アルク国に似た国があるんだが、一度視察に行ってみないか？」

「似た国とは？」

「わが国同様、やはり一度王族が倒され、新しい国王が国を統治しているんだが、早い段階で安定し、注目されているんだ」

「この国はいまだ戦禍が色濃いですが、その国はもう復興したのですか？」

「ああ、国王にはかなりやり手の側近が付いているようだ。官僚達を上手く操っているし、貴族達も彼には従っているらしい」

「素晴らしい。一度現地を見てみたいです」

そして俺は数人の上司と共に『オリソン国』へと向かった。

戦火のあった場所とは思えないほど国は安定していて街並みも綺麗だった。

所々、手の回っていないところも見受けられるが、そこは復興計画の一部にきちんと組み込まれていていずれは工事をするらしい。

ずっと先まで工事計画が立てられ、それを着実にこなしていくことで国を安定させて国民の暮らしの不安を取り除いていた。

「凄いですね」

俺は綺麗に舗装された道を見て感心した。

遠くからの物流が上手く行き来できるように考えられた道。人が歩く道と馬車が走る道を分けている。面倒ではあるがこれなら早く物を運ぶことができるし、人が怪我をしたり馬車の事故で亡くなったりする人も減るだろう。

視察が終わり、王宮へと向かった。国王陛下に謁見できるそうだ。

下っ端の文官の俺がお会いできるなんて思っていなかったので、かなり緊張した。

まだ三十歳前の若い国王だった。

優しく見えるが目は笑っていない。鋭い目は俺達をしっかりと見据え、一人一人を確認していた。

その彼は俺に目を向けた瞬間、俺の顔を睨《にら》みつけた。

「君は……イアンと言ったか……少し残ってくれ」

上司は突然の国王の言葉に驚いたが、何も言えずに俺を置いて謁見の間を出た。

「イアン……殿下、貴方の噂は聞いています。身分を隠してアルク国で暮らし、今は文官としてご活躍なさっているみたいですね」

「ご存じだったのですか？」

「もちろんです。国外の動向や情報はできるだけ把握しておかなければ、何かあってからでは遅いですからね」

「確かに……この国が早く復興したのは優秀な陛下が統治されているからなのですね」

「わたしではありません。優秀なのはわたしの側近とそれを支える部下達です。わたしは人材に恵まれているのです」

「それは陛下が優秀だから周りがついて来るのでしょう」

「そう言ってもらえるとは……まあ、そういうことにしておきましょう」

陛下は苦笑した。

けれどお世辞ではなく、国を復興させる大変さを今身をもって体験している一人として、本当に陛下の采配の凄さに感心していた。

「貴方に一度会ってみたかった」

陛下は俺に何かを言おうとしたが、やめた。

これ以上話すことはなく、俺は「失礼します」と言って出て行こうとしたが、ふと足を止める。

どこかで見たことがある男がこの部屋にいた。

——誰だ？　気になるが思い出せない。

だがその男が俺を見てニヤッと笑った。

「あ！　オリエを……」

大きな声を出しそうになったが慌てて口を閉じた。

「久しぶりだな、殿下」

「やはり、あの時の……」

陛下が俺に声をかけた。

「わたしの一番優秀な側近のカイだ」

「え？　このこ……方が？」

俺は何度も殺し屋だと言いそうになったが、この場では口を噤《つぐ》まなければと我慢した。

「陛下、俺もイアン殿下と話をしたいからちょっと出てくる。みんな俺の指示通りに適当に仕事を進めておいて」

カイと名乗る男は、軽い言葉で陛下の側近達に伝えると俺と部屋を出た。

軽く言った相手の宰相や官僚達はカイ殿よりも地位が高い。だが、その者達にこの男は指示していた。

そして、俺は別の部屋に連れて行かれた。

「あんたをこの国に呼んだのは俺だ。この国は凄いだろう？　活気があってみんな頑張ってる」

「本当にそう思います。俺の国はとても豊かで平和に思われています。でも貴族の横暴な遣り口、貧しい子供達、貧富格差の問題、課題はまだまだたくさんあります」

「だったら逃げずにあんたが国を変えなくてはいけないんじゃないのか？　そのために今外に出て勉強しているんだろう？」

「……俺は甘えているんでしょう。外に出て俺がすべきことは見えました。でもその一歩を踏み出す勇気がまだありません。本当はわかっているんです、やらないといけないことも……」

「まだ若いんだから逃げたくもなる。だけどオリエ嬢のために必死で貴族の汚い膿《うみ》を出して頑張ったんだろう？　中途半端で終わらせないで最後まで頑張んなよ」

「わかっています、悩む振りをするくせに本当は戻るしかないとわかっているんです。俺は国王としてふさわしい人間ではない……それでも国王として頑張っていくしかない……」

「オリエ嬢は俺が預かっている。今この国で女騎士として働いているんだ。会いたいか？」

俺は首を横に振った。

「いいえ、俺はもう彼女に会う資格はありません」

本当はひどく驚いた。オリエがこの国にいることも騎士になったことも。

それでも、今どんな暮らしをしているのか知りたい気持ちに蓋をして、何も聞かない。

今のオリエが幸せならそれでいい。

「あー、この国に連れ帰ったのは俺だ。だけど俺には嫁も娘もいる。オリエは俺の妹のようなものだ、俺達はあんたが考えている関係ではない」

俺が立ち去る背中にカイ殿がそう言った。

でも俺は何も返事をしなかった。

◇　◇　◇

今日はいつもより王宮内がなぜか騒がしい。

「どうしたのかしら？」

先輩達が怪訝《けげん》な顔をして周囲を窺《うかが》う。

わたしも気になって周りを見回し、ざわめく方向を見る。なぜか人々が足早に行き来している。

「早く逃げろ！」

わたし達を見て騎士達が門の方へ指差した。

「何があったのですか？」

「数人の貴族が反乱を起こした。俺達が食い止めている間に女達は逃げろ！」

「わたし達は騎士です。共に戦います」

わたし達は剣を握り、反乱軍へと向かった。

「行くな！」

それを無視して先輩達と共に向かった場所は……血の海だった。

戦いは続いていた。

反乱を起こした貴族達は以前の王の臣下達だった。その凋落《ちょうらく》者達が決起して現国王を倒そうとしているのだ。死を覚悟しているだけに、剣に迷いがない。

守り一手のわたし達は追い込まれた。わたしは今まで命をかけた戦いなどしたことがない。

女騎士になったなんて誇っていたけれど、これほど簡単に命が消えていく様を見て震えが止まらない。それでも戦わなければ殺される。

わたしは男の人達に対して必死で戦った。女だから簡単に殺れるだろうと侮《あなど》ったみたいで、わたし達女騎士は集中的に狙われた。

必死で剣を受けていたが肩を斬られ、血が流れ出した。

痛みの感覚はない。体が軽い。このまま、戦いながら死んでいくのだろう。

なぜか不思議に恐怖はない。先輩達が近くで倒れていく。

そしてその体を引き摺《ず》り、男達が先輩達の体を裸にして貪《むさぼ》り始めた。

戦いの中で女を犯そうとする狂気。わたしももうすぐ同様の目に遭うのだろう。

あとどれくらいもつのかしら？

不思議にそれを受け入れている。

なぜかこんな時に思い出すのは、イアン様と過ごした時間。いつも彼の背中を目で追い続けていた。恥ずかしくて彼の顔を正面から見ることができなくて。

わたしは彼に一度でも自分からぶつかって好きだと言ったことがあっただろうか？　いつも彼の横には女性がいて、それを嫌だ、わたしが婚約者なのだからと言ったことなどなかった。

わたしなんか本気で相手にしてもらえないと、いつも下を向いてばかりだった。

本音で彼と話したことなどなかった。

そんなことを考えていたら……体の異変に気がついた。次の剣を受けるのがもう最後だろう、わたしの肩の血は思った以上に流れ落ち、力が入らなくなった。

あと少し……騎士として死にたい。犯されて死にたくはない。

手に力が入らず剣を捨てた。

相手がわたしの目の前で大きく腕を上げ、振り下ろそうとする。

——ああ、わたしは死ぬのね。

そして、わたしは……斬られた。

剣を捨てなければよかった。自分でもう一突きすれば一気に死ねたのに……まだ意識がある……

悔しい……男達がわたしの体を抱えて壁に連れて行く。抵抗すらできない……服を切られているのがわかる……冷たい剣の先が素肌に当たり、幾つもの傷ができる。肩と胸から血が出ているのに男達はニヤニヤと笑い、わたしの体を触り始めた。

——あー、力が入らない、抵抗すらできない、自死すらできないなんて……

わたしは血だらけで裸にされた。数人の男がわたしの体を触り、上に乗ろうとして……

「やめろ！　その者から離れろ！」

遠くから声が聞こえる。

——誰？　こんな状況下で他人を助ける余裕なんて誰もないはず。目を開けられない……男達に弄ばれて死ぬだけ……助からないし、助けられるはずがない……

そしてそのまま意識を手放した。

◇　◇　◇

俺は数日王宮に留まり、上司と共に文官達と話をしてこの国の今の在り方を教わり過ごした。

一度だけ、遠くからオリエの姿を見た。

騎士服を着るオリエはどんな豪華なドレスを着た姿よりも美しかった。

胸が締め付けられ、何度も彼女の元へ走り出しそうになった。

だが彼女は俺が今ここにいるとは知らない。

カイ殿はオリエには伝えないと言ったが、俺がもし会いたいと言えば伝えてくれただろう。今更会って困惑させたくない……いや、言い訳だ。

彼女からの拒絶が怖いだけだ。

明日の帰国を控え、最後に王宮で文官達と話をしている時、騒ぎが起きた。

「アルク国の皆様、急いで逃げてください」

「何が起きているのです？」

「反乱が起きました！」

数人の騎士が俺達を誘導して逃がそうとしてくれた。

「騎士は皆戦っているのですか？」

「はい、今、反乱者達と戦っております」

「女騎士は？」

「逃げろと言ったのに共に戦うと言って、ただいま応戦中です」

「剣はまだあるか？　俺も応援に行く！」

「文官が戦えるわけないでしょう？」

騎士は俺を見て呆れ、バカにした。

「俺はずっと幼い頃より近衛騎士団長に鍛えられてきた。その辺の騎士よりも腕は確かだ。剣をくれ、オリエを一人で戦わせるなんてできるか！」

「オリエ嬢のお知り合いですか？」

「ああ、同じ国の者だ！」

俺は上司達と別れ、騎士にオリエ達が戦っている場所へ案内してもらった。

嫌な予感がする。オリエはまだ戦っているのだろうか？

死ぬな、死なないでくれ！

俺はひたすら走った。

ついた場所は血の海が広がり、いくつもの死体が転がっていた。意識のあるものもいる。

しかしそこにオリエはいない。俺は敵の剣を受けながら彼女を捜した。

「オリエ！」

何度も大きな声を出した。

顔に血がついた騎士と反乱者。狂気に満ちたこの場所にオリエは耐えられるのだろうか？

俺は必死でオリエを捜し続けた。

――オリエ、死ぬな、どこにいるんだ？

ふと城壁近くを見ると男達が数人で女を犯しているのが見えた。

なんだ？　なんてことをしているんだ⁉

女は抵抗できず、されるがままだった。オリエではないことを確認してホッとする。

男達を後ろから斬りつけて殺した。

オリエもまさか？

俺は戦いながら犯されている女達を見て回る。

そして、まさに今、犯されかけているオリエを見つけた。

「オリエ！」

俺は夢中で男達を斬った。

裸で血まみれのオリエ。近づくとまだ下着は穿《は》いていた。

どこか安堵《あんど》しながら、意識のない彼女に俺の上着を掛ける。抱き抱えて急ぎ他の部屋へと向かう。

「退いてくれ！　手当てをしたいんだ！　他の女性騎士達も助けてやってくれ！　頼む！」

俺は周りにいた男達に声をかけた。

何人かが「わかった」と応えつつ、救護に走って向かった。

オリエは微《かす》かに息をしているが、ぐったりとした状態だ。

——助かるだろうか？　死なないでくれ！

簡易的な救護室に入り、俺はその辺にある医療器具を寄せ集めた。

「医者はいるか？」

「今手が足りません！」

一応医療の心得はある。王太子としての教育には、自分で自分の命を守るための医術も覚えなければいけなかったからだ。

「オリエ、すまない、俺が治療をする。傷が残るかもしれない……だが命だけは助けるからな」

俺は止血して麻酔を打ち、傷を縫う。出血の割に深い傷ではなかった。

致命傷ではなかったが、血が多く流れたようだ。

このままだと失血死をしていただろう。

今できることはとりあえずやった。

オリエは少しだけ呼吸が安定してきた。

そんな時「反乱軍を抑え込んだ！」「終わった、やったあ」と声が聞こえてきた。

なんとか反乱者達を制圧したらしい。

安定し始めたこの国にも、まだまだ闇の部分があるようだ。

その時サッと人影が差した。

「オリエ！　大丈夫か？」

カイ殿だった。彼はオリエを見て「すまない……オリエ達を逃すように命令したのに、巻き込んでしまったんだな」と謝っていた。

「カイ殿、オリエは逃げろと言われたのに自ら戦いに加わったらしいです」

「バカだな、オリエ。俺は陛下が最優先だ、お前を守ってやれなかった……すまなかった」

意識のないオリエにカイ殿は謝っていた。

◇　◇　◇

体が熱い……痛い、怠《だる》い、頭がズキズキする……

目を開けるとそこは知らない部屋だった。

あまり物が置いていない……ここはどこ？　わたしは生きている……みたい？　反乱者達は？

周りを見回したけど誰もいない。声を出そうにも、小さな掠《かす》れた声しか出ない……

喉が渇いた……

「み……水……」

わたしの声が聞こえたのか、ベッド近くに人が来た。

「目が覚めたのね？」

優しく声をかける女性の声。

「待っててね」

女性はわたしを抱き起こし、コップに入れた水を口に近づけてくれた。

わたしは震える手を添えてその水を飲む。

「………お、美味しかった。ありがとう」」

異常なほど喉が渇く。お代わりを飲み干して「はー」と溜息《ためいき》が出た。

喉を潤してやっと救護室で寝かされていたとわかった。

カーテンで仕切られているが、周りにも怪我人がいるようだ。

「貴女《あなた》の傷は酷くて……もう駄目かもと思ったのよ。でも貴女《あなた》を助けてくれた人が急ぎ処置をしてくれたのが良かったみたいで、なんとか助かったの」

わたしはまたベッドに寝かされた。そして看護師さんに話されてから気がつく。

――い、痛い。肩から胸がズキズキと痛んで、体も熱い。

わたしが肩のあたりに触れていると、看護師さんは「あら？　やっと痛いことを思い出したのかしら？」と微笑《ほほえ》み、「痛み止めの薬を飲みましょうね」と薬をくれた。

「ありがとう……ございます」

薬を飲んでまたしばらく横になった。ボーッとしていた頭が、少しずつ働き始める。

わたしは斬られて男達に辱めを受けた。

そのあとは？　先輩達は皆死んだのだろうか？　なぜわたしは生きているのだろう？

助けてくれた人には申し訳ないが、できれば死んでしまいたかった。

汚されたこの体で生きてなどいたくない。それに、剣で斬られたこの体は……醜い傷痕が残るだろう。いくら見えない部分とはいえ、女としてもう結婚も恋愛さえもできない。

だけど、重たく怠《だる》い体はまだ身動きすら許さなかった。


――あ、また眠ってしまっていたようだ。

目が覚めると、ベッド横にわたしの手を握る人がいた。

「……メルーさん？　マーラちゃん？」

「よかったぁ、やっと目が覚めたと連絡があって駆けつけたらまた眠っているんだもの……」

「オリエ姉さん！　心配したんだから！」

二人は目に涙をいっぱい溜め、わたしの手を握りしめていた。

「心配かけてごめんなさい」

二人の顔を見て心が温まる。不思議、さっきまで死にたかったのに、助かってよかったなんて考えてしまう。

「……あの、わたし、今の状況がよくわからないの」

どうやって助けられたのだろう。反乱者達はどうなったの？　この国は大丈夫だったのかしら？

わからないことだらけだ。

メルーさんが、ここ数日の話を聞かせてくれた。

わたしは四日間も目を覚まさなかったらしい。

反乱を起こしたのは、前国王の臣下だった貴族達とその騎士。悪政を行い滅ぼされた前国王達。

その甘い汁を吸って暮らした貴族達は粛清されたが、それでもなんとか逃れた者がまだまだいた。

困窮したその者達は、このまま滅んでいくのを待つくらいなら反旗を翻《ひるがえ》した方がましだ、と決起したそうだ。

騎士達は女騎士を逃がそうとしたのに、わたし達は共に戦うことを選んだ。

そして力なく倒れていった。

たまたま来ていたアルク国の人が剣術に優れていたようで、窮地を救ってくれた。その人はわたしを助けた上、医術の心得もあって応急処置をしてくれたらしい。

他の人達もその人から治療してもらい、かなりの数の人が助けられた。

反乱者達も騎士達が鎮圧したようだ。今はみんな地下牢に入れられ、取り調べにあっている。

「あ、あの……先輩達は？」

気を失う直前に見たのは犯された先輩数人。

あとは怪我をしながらも戦う人達。あの人達はどうなったのだろう……

「……何人かは亡くなったわ……オリエと同じように生き残った人もいる」

顔を歪めて口が重そうなメルーさんの様子に、わたしはそれ以上話を聞けなかった。

「……そうですか」

誰が亡くなって誰が生きているのか……今はまだ人の心配をしても仕方がない。

もう少し体調が良くなればわかること。

——うん、本当は現実を知りたくないだけ……いつも一緒に見回りをした先輩達。一緒に昼食をとり、笑い合って楽しく過ごした時間。大切な人達との時間を一瞬にして奪われた。

わたしはこれからどう生きればいいのだろう。

他国から来た人が助けてくれたと聞いたけど、お礼を言わなければ……でも心からその人に感謝できるのかしら？

わたしはもう生きていけない……犯されたことをみんな知っている。混乱の最中でも周りは気づいていた……だってわたしも先輩達を助けられなかったから。自分の身を守るのが精一杯だった。

219　そんなに側妃を愛しているなら邪魔者のわたしは消えることにします。

このベッドから出るのが怖い。待ち受けている現実は、人の目は……考えただけでも怖い。

わたしは両手で自分の体を抱きしめ、ベッドの中で泣き続けた。


ベッドから起き上がれるようになり、体を少しずつ動かし始めた。

先輩達を捜して回る。仲の良かった先輩の数人は亡くなっていた。

わたしと同じく怪我しながらも助かった女騎士はもちろんいて、抱き合って泣いた。

「オリエは、傷が治ったらどうする？」

先輩に聞かれた。

今王宮内は立て直しでバタバタしている。怪我人も多く、騎士の手も足りていない。

文官や官僚の中にも反乱に加わった者がいて、新たな雇用や人事の配置換えなど大変そうだ。

わたしの体は治るのに二月ほど時間がかかる。

「わたしは……」

自分の弱さに嫌気がする。結局いつも逃げてばかり。

「わたしはもう一度しっかり鍛え直して剣を握りたい。あの時……生きることを諦めてしまった。

自分を守ることすらできなくて……この甘い自分をなんとか打ち破りたい。先輩は？」

「わたしは……騎士を辞めて結婚するつもり。恋人が、もう騎士は辞めてほしいと言ったの」

「そうですか……幸せになってくださいね」

女性だけでなく、男性の何人かも今回の件で騎士を辞めていった。怪我で騎士を続けられなくなった人、死を覚悟してまで戦うと思っていなかった人、理由はさまざまだ。

血の海になった部屋に向かい、花束を置き祈る。ここで亡くなった仲間達。

わたしと同じように花束を置いていく人がたくさんいる。

この部屋は綺麗に清掃されて今は何もない。

ただ、たくさんの花束やお菓子、騎士服が置かれている。大切な家族が、友人が、そして恋人がここに来て祈りを捧げ、帰っていく。

わたしはしばらくメルーさんの家で療養することになり、王宮の診療所から退院した。

「先輩達……助けられなくてごめんなさい、わたし、もっと強くなります」

わたしは王宮に向かって頭を下げ、そして前を向いた。

「オリエ、まずはもっと体力と筋力をつけろ！」

「カイ、何言ってるの？　まだ病み上がりのオリエに無理させたら、体が壊れてしまうわ」

「だからまずはちゃんと食え！　そこからだろう？」

「確かにそうね、オリエは食が細いからもう少し食べなさい」

「はい、頑張ります」

二人がわたしを心配して何かと世話を焼いてくれる。

わたしは男達に乱暴される前に助けてもらったと後で聞いた。

命の恩人はわたしが意識を取り戻す前に国に帰ったそうだ。結局お礼を言いそびれた。

それを後悔していたら、カイさんが「おぅ、手紙でも書け！　手紙なら相手に届くだろう？」と言われ、お礼の手紙を書く。この命を助けていただいたこと、元気を取り戻したこと、また騎士として頑張ること……書いていたら何枚にもなってしまった。

「お前、なんで顔も知らない奴にこんなに書いているんだ」とカイさんは呆れた。

「命の恩人に、助けてよかったと思ってもらえる人になりたい、そのことを書いたんです」

「はあ、真面目過ぎ」

「いやいや、カイさんが不真面目過ぎなんです」

わたしとカイさんは笑い合った。

体の傷痕は残るけど、別に嫁に行く予定もない。今はなんだかスッキリとした気持ちだ。

前を向いて頑張ろう。

◇◇◇

オリエを助け出し、俺はしばらく診療所で医者の手助けをしていた。

上司からは「お前は何をしているんだ？」と呆れられたが、この状況を放って帰れない。

上司達も己ができることを手伝った。

医師は「助かるよ」と言って額の汗を拭う。大勢の怪我人を診るのに手が足りない。俺は医術の心得はあるが医師ではない。だから助手として働いた。

「君さ、あれだけの手捌《てさば》きで医師ではないなんて本当なのか？」

「俺は医師から医術と医学を教わっています。一応別の国で資格だけは取っています」

そう、教育の一環で何人もの怪我を縫合したり治療したりした。毒についても精通している。

何かあれば自分の命は自分で守るようにと言われてきたのだ。おかげでオリエを救えた。

暇が少しできるとオリエの様子を見に行った。なかなか意識が戻らないようだ。

心配だが、眠っているからこそ顔を見ることができる。

オリエが意識を取り戻す前に俺はこの国から出ようと決めていた。

カイ殿に会おうとしたら、彼はこの国を出て、怪我人のために薬の調達をしていると聞かされた。

上司からも「状況が落ち着いてきたのでそろそろ我々はお暇《いとま》しよう」と言われ、最後にオリエの顔をそっと見に行った。

彼女はまだ意識を取り戻していないと聞き、ベッドまで行くとそこには見知らぬ女性がいた。

頭を下げてどうしようかと悩んでいると、女性が俺に話しかけてきた。

「貴方がオリエを助けてくれたのですね？　ありがとうございました」

「いえ、助かって良かったです」

俺はどう返事をすればよいのか迷っていた。

なぜ俺が会いにきたのか、この人は怪訝《けげん》に思っていないだろうか？

「貴方がイアン様ですね？」

名前を当てられ、俺は驚いた。

「俺を知っているのですか？」

「カイが、あ、主人が、イアン様が助けてくれたと話していました。ありがとうございました」

「俺はもうすぐこの国を出て行きます。オリエには俺のことは言わないでください。偶然この国に来ていて助けただけです。あ……でもオリエに伝えてください……彼女は男達に何もされていません。本人は覚えていないかもしれませんが、もし気にしているようでしたら教えてあげてください、大丈夫だと。襲っていた男達は俺が全て切り捨てました」

「……わかりました。オリエは貴方に助けられたと知ったらどう思うのでしょう？　貴方はもう一度オリエと、とは思わないのですか？」

「いえ、俺にはもう資格がありません。彼女がこの国で幸せに暮らしているならそれで十分です」

「……わかりました、オリエの命を助けていただき本当にありがとうございました」

カイ殿の奥さんは何度も俺にお礼を言った。彼女達にとってオリエは大切な家族なのだろう。

オリエが今幸せにこの国で暮らしている。

俺は本当にそれだけで十分だ。

メルーさんはオリエの意識が戻って元気になれば知らせると言ってくれた。

俺は満足だった。安心できればそれでいい。

そう思っていたのに、一月後、オリエからお礼の手紙が届いた。

オリエは俺だと知らず、助けてくれた人に感謝の手紙を書いて寄越したのだ。

俺はその手紙を何度も読んだ。彼女の懐かしい字を見るだけで心が苦しい。

でも、彼女が前を向いて頑張ろうとしていると知り、ホッとした。

◇　◇　◇

王宮内は二月も経《た》つと落ち着きを取り戻した。

殉職や怪我で欠員が出たが、他の場所や領地から招集されて新しい顔ぶれも増えた。

わたしはしっかり体力作りをして筋力をつけた。カイさんに稽古もつけてもらった。

「おかえり」

久しぶりに会う先輩達から言葉をかけてもらう。

やっと戻れたのだと嬉しくもあり、気が引き締まる思いだった。

あの戦いでは一人で数人を相手にするのはかなり難しかった。命をかける怖さも知った。

「よく残ろうと思ったな、男でも逃げ出した奴もいるのに」

団長はわたしは逃げ出すと思っていたみたい。確かに意識を取り戻した時、心が折れていた。

でも、もう、逃げたくない。

「オリエ、いいか？　戻るなら覚えておけ。上の者に逃げろと言われた時はきちんと逃げろ。お前達はまだ若造だ。無理をすれば上の邪魔になる。下は下のやるべきことがあるんだ。戦いだけが騎士ではない。人を誘導することも倒れた人を救助することも仕事なんだ。それがわからなければ騎士なんてするな！」

カイさんの言葉に頷《うなず》く。自分の技量をしっかり自覚してできることを全うしよう。

少しずついつもの生活に戻っていく。鍛錬を行い、見回りにつく。

団長達は最近、街の見回りにも力を入れている。一度落ちた評判を取り戻すためにも、治安はしっかりと維持しなければいけない。

「先輩、あそこみてください」

わたしは怪しい動きの男を見つけた。

「うん？　あれは何してるんだ？」

「たぶん……売買ではないですか？」

「チッ、薬か？」

路地裏で男達が怪しい動きをしている。でも、もう無理はしない。

「お前は人を呼べ」

「はい」

わたしは走って近くで見回っている他の騎士達に声をかけた。急いで男達を見張っていた先輩二人と合流し、数人で男達を捕まえる。男達はやはり薬の売買をしていた。

「オリエ、よく見つけたな」

頭を撫でて褒めてくれる先輩。

「髪がぐちゃぐちゃになるからやめてください！」

「ばあか、褒められたんだから我慢しろ」

先輩の名前はジル。伯爵家の三男なのにちょっと荒い雰囲気の人、だけど優しい。

最近は女性騎士同士で組むことが減って男性騎士とも仕事をするようになった。

女として見られることもなく、後輩として可愛がってもらっている。

「ジル先輩、休憩はどうします？」

「俺はいつもの店に行く。お前達はどうする？」

ジル先輩はお気に入りの女の子が働く食堂に通っている。

安くて美味しいのでみんなも贔屓《ひいき》にしている。

「俺は、今日はパスします。彼女が弁当作ってくれたので」

「あ、わたしは行きます！　お弁当ないので」

「オリエ、お前自分で作らないのか？」

「無理です！　朝はギリギリまで寝ていたいので！」

メルーさんはお弁当を作ろうとしてくれるけど断っている。朝と晩は食べさせてもらっているのでお昼くらいは手を煩わせたくない。

だからと言ってわたし自身が作る元気はなく、最近はジル先輩と食事することが増えた。

「お前、あんまり俺に話しかけんな」

「わかってます！　愛し《いと》のミイナちゃんに誤解されたくないですよね？」

「そうそう、なかなか俺の愛をわかってもらえないけどな」

「ミイナちゃんはモテますもんね」

「ほんと、そう思うわ」

食堂に着いて先輩と同じテーブルに座ったが、わたしは本を読んで過ごす。

お邪魔しては悪いし、せっかくの休み時間、少しでも好きな本を読んでいたい。

「オリエさん、何を読んでいるんですか？」

ミイナちゃんがわたしに話しかけてきた。

「うん？　これはジーク国の歴史だよ」

ミイナちゃんは困惑顔で言葉を詰まらせた。

「オリエ、変な本を読んでミイナちゃんを困らせるな」

「先輩、変な本なんて失礼な！　ジーク国の薬のおかげでたくさんの人が助かったんですよ！　歴史を学び、知識を広げて損はないです」

「美味しい食事が不味《まず》くなる！　もういいから黙って本を読んでろ！」

「はあい」

ミイナちゃんはクスクス笑いながらテーブルにお皿を置いた。

「つたく、せっかく話せたのにお前のせいで」

ジル先輩はぶつぶつ言いながら食事をとった。

わたしはサンドイッチをつまみながらも本を読む。

「話しかけるなって言うから本を読んでいただけなのに」

わたしの呟《つぶや》きを聞いて「なんか言ったか？」と睨《にら》む。

「いえ何も」

先輩達とのこんな会話がとても楽しい。令嬢でいた時には経験できなかった。

男性の前で大きな口を開けて食事をするなんて考えられない。

相手に気を遣い、言葉を選びながら話す貴族の世界。

そんな面倒がここには存在しない。

先輩に対してもちろん敬語は使うけど、会話の中身がとても軽い。疲れないし楽しい。

「お前、何ニコニコしてんだ？　俺に怒られているのに」

「わたし、以前は友達も親しく話す人もいなかったので、この国に来て本当に良かったです」

「ふうん、ま、お前が嬉しそうならいいか」

ジル先輩は頭をぽりぽりと掻《か》きながら、軽く溜息《ためいき》を吐《つ》いた。

◇　◇　◇

自国に戻るまであと半年だ。

俺が学んだことはとても掛け替えのない物になった。これから先、この経験を必ず活かそう。

王太子として戻る決心をした。

「イアン、最近どうした？　前から真面目だったけど、さらに必死で仕事をこなしているな」

同僚達が俺の仕事ぶりに呆れている。

「とても充実しているんです」

俺の返事を聞いたはずの先輩が仕事を取り上げて言った。

「今日はこれで終わりだ。イアン、俺達これから飲み会なんだ。付き合え！」

嫌がる俺を無理やり連れて来たのは、同じ文官の女性達が待つ食事処だった。

「イアンさん、珍しい」

「ほんと、嬉しいです」

「ほらイアン座れ！　みんなで楽しく飲もう！」

一体これはなんだ？　女達と絡むなんて面倒でしかない。

なのに……

「イアンは女っ気すらないんだ」

「たまには女と遊ばないと、そんな仕事ばっかりしていたら一生独身だぞ！」

「はあ——……」

大きな溜息《ためいき》が出た。

「ったく、イアン、今日くらい付き合え！　女の子達もイアンが来て喜んでいるだろう？」

俺は仕方なく適当に愛想笑いしながら食事し、適当な言い訳で帰ろうとした。

「イアンさん、帰るの？　わたしもご一緒していい？」

誘いの言葉にうんざりする。

「すまない、帰りたければ他の奴に頼んでもらってもいいかな？　俺は残った仕事を終わらせたいんで、また戻るつもりなんだ」

何か言っているが、俺は無視して店を出た。仕事場に戻るとすぐに仕事を始める。

『助けられた名も知らない貴方に、わたしを助けて良かったと思ってもらえるように、これからも騎士として精進したいと思っています。

いつかお会いしてお礼を言える日が来たら、その時わたしは貴方の前で胸を張ることができる人になっていたい。いつか必ずお礼を直接言わせてください』

オリエの強い決心。

俺はオリエに負けないように頑張ろう。

いつか彼女に俺が助けたと知られるかもしれない。

その時、がっかりさせないようにもっと成長したい。

俺にとって彼女はずっと原動力だった。オリエがいたからずっと頑張れた。

それなのに彼女を幸せにできなかった。

この想いはいつか完全に終わらせないといけない。

自国に戻るならいつかは新しい妃を迎えることになる。

俺は深く溜息《ためいき》を吐《つ》きながら、残った仕事を一人こなした。

◇◇◇

長い間、お会いすることのなかった国王陛下に、久しぶりに呼び出された。

わたし一人でお会いするのは怖い。

カイさんに話すと「ったく、あいつは何を考えているんだ」と言いながらもついて来てくれることになった。

わたしの仕事が終わり、カイさんの執務室で待ち合わせる。

騎士服で伺うか、私服に着替えるか悩んだが、結局騎士服のまま陛下にお会いすることにした。

「うわ、オリエ、そのまま来たのか？」

「はい、プライベートでお会いするのではなく、騎士としてお会いしようかと」

「くくっ、それがいいかもな。また軟禁されたらたまったものじゃないもんな」

「ふふふ、もうそれはないと思いますけど。王妃様も陛下にわたしがお会いするのは良い気分はされないと思いますので」

「まぁ、でも今日は俺が一緒だから大丈夫だと思うよ。今回は俺をすり抜けてお前に話がいってしまったが、まあ、大丈夫だろう」

最後の言葉はよくわからなかったけど、わたしはカイさんを信用している。

「はい、安心しております」

そして、国王陛下のいる部屋へと案内された。

そこには仲睦《なかむつ》まじく座る陛下と王妃のお二人がいらっしゃった。

「国王陛下、王妃陛下にご挨拶申し上げます」

わたしは騎士として礼をし、深々とお二人に頭を下げた。

「オリエ様、頭をお上げください」

王妃様から優しく声が掛かる。

わたしが頭を上げると王妃様はニコリと微笑《ほほえ》んだ。

「オリエ様、今ここにはわたくしと陛下、そしてカイ様しかおりません。ですから、この場でお詫《わ》びとお礼を言わせてください」

「え？」

キョトンとしたわたしに、王妃であるマデリーナ様は穏やかに仰った。

「夫が貴女《あなた》に嫌な思いをさせたこと、心よりお詫《わ》びします。そして、そのおかげでわたくしは夫を愛していることにやっと気がついたのです。王族としてよくあるように、わたくしと夫は政略結婚です。嫌々嫁いだわたくしは夫に心を開くことができませんでした。なのに、貴女《あなた》と夫が一緒にいる姿を見てとても悲しくて……嫉妬していると気がつきました。今更だと思いましたが、わたくしは夫に寄り添いたいと思うようになりました」

「王妃様、わたくしこそ辛い思いをさせてしまい、お詫《わ》び申し上げます」

自分が王太子妃だった時を思い出し、王妃様には嫌な思いをさせたと改めて身を恥じた。

「なぜ謝るの？　貴女《あなた》は夫にまるで興味がなかったでしょう？　オリエ様が仕事として夫に会われていたのは、見ていてすぐにわかったわ」

「……マデリーナ、もうよい、わかった。わたしが悪かった」

陛下は頭を掻《か》きながら王妃様の話を止めようとした。

「あら？　貴方はもう少し黙っていてちょうだい。やっとオリエ様とお話しできたのですから」

「くくっ」

カイさんは陛下を見て笑うのを必死で堪えていた。

「カイ様、貴方もわたくしとオリエ様を会わせないようにしていたでしょう？」

「王妃、すまない。俺はオリエの保護者だ。彼女に害がありそうなあんたとは会わせるわけにはいかなかった」

カイさんは王妃様に対しても平気でぞんざいに話す。わたしは横で見ていてドキドキした。

けれど陛下も王妃様も、カイさんに対しては不敬と感じていないみたい。

「失礼ね、わたくしはオリエ様に害をなそうなどと思っていなかったわ」

「あんたがオリエに会うと、オリエが昔の自分を思い出すだろう？」

わたしはその思いやりが嬉しくて「カイさん……」と呟《つぶや》いた。

なのに「コイツは旦那が側妃ばかりを大切にして蔑《ないがし》ろにされたんだ。さらに旦那の元恋人には命を狙われるし、散々な目に遭ってきたんだ。ほんとめんどくさい奴なんだよ、オリエが落ち込んだらまた俺が慰めないといけなくなるだろう？　大変なんだぞ」と、なんだか嬉しくない言葉が飛び出した。

カイさんを睨《にら》みながらムスッとしたら、「ほら見ろ、すぐに機嫌が悪くなる」と笑う。

——いや、貴方が変なこと言うからじゃない！

わたしはさらに頬をプクッと膨らませて怒った。

「ふふふ、オリエ様は可愛らしい方ね。そう言えば怪我は大丈夫？　カイ様がかなり慌てていたのよ？」

「はい、怪我は治りました。ジーク国の薬のおかげで傷痕も薄くなり、目立たなくなりました。わたし達騎士に多くの薬を与えてくださり、ありがとうございました」

「よかったわ、いくら騎士として覚悟があっても、女性にとって傷痕などない方がいいもの」

「わたしにとって、この傷痕は戒めになっております」

「オリエ様、元王太子妃で公爵令嬢の貴女《あなた》がカイ様に連れられてこの国に来たのは知っているわ」

「あ、はい」

――それが？　何？

「そして貴女《あなた》はこの国で女騎士になった。……その怪我は誰に助けられたかご存じ？」

「詳しくは知りませんが、オリソン国の方ではないと伺いました。アルク国の文官の方だと」

「あ――、王妃、もういいだろう？」

カイさんが王妃様の話を止めようとした。

「??」

わたしが二人の顔を交互に見つめていると、王妃様はカイさんを無視してさらに話し出した。

「どうしてカイ様は隠されるのかしら？　知った方がいいこともあるのよ？　男って隠し事ばかり。でもそれは、本当の意味で守ることにはならないわ」

王妃様はわたしを見つめて言った。

「オリエ様、時には真実を知ることも必要ですわ。たとえ言わないでほしいと相手に頼まれても」

「わたくしも助けてくださった方にはお礼の手紙を書き、返事をいただきました。ですが、いずれはきちんとお会いしてお礼を言いたいと思っておりました」

「王妃……」

「マデリーナ……」

陛下とカイさんの二人は、王妃様を止めることを諦めたようだ。

「オリエ様を助けたのは、イアン様、貴女《あなた》の元夫よ。偶然この国に文官として視察に来ていたの。そして貴女《あなた》が反乱に巻き込まれたと聞いて助けに入られた。それから手が足りない医師の代わりに貴女《あなた》を治療したのも彼よ。そのあとも、たくさんの怪我人を治療してくださったわ。わたくしはイアン様に感謝しているの。我が国の騎士達の命をたくさん救ってくださったから」

「…………イアン様が命の恩人……」

――まさかイアン様の名前がこの場で出てくるとは思わなかった。

だからカイさんがお礼を言いたいと言っても、会わせないようにしていたのだろう。

手紙でも書けと言われて、わたしは何枚も手紙を書いて送りつけてしまった。

その後も返事が来るとまた手紙を書いて送った。

――わ、わたし、かなりイアン様に迷惑なことをしているのでは？

わたしの手紙への返事にはとても困っただろう。

だって、騎士として頑張りたいとか自分の甘さを反省しているとか、貴方に助けられて感謝しているとか、最初の手紙は長々と書いたのよ。

三通目の手紙からは悩み事まで書いてしまった。左肩が下がってしまうので剣がぶれるとか、どんな鍛錬が必要か教えてほしいとか、家の近くのカフェが美味しいとか、先輩の恋バナまで………

「カイさん！　う、嘘ですよね？」

隣のカイさんに嘘だと言ってほしくて助けを求めた。

「オリエ、すまない。イアン殿に絶対名前は出さないでと頼まれたんだ。俺も今のオリエの幸せを考えて了承した。まさかお礼の手紙から二人の文通が始まるとは思わないだろう？　それはオリエ、お前が悪い！」

「え？　わたし？　知らなかったのに？」

「お前、自分の元夫の字も覚えていないのか？」

「だって、イアン様はわたしに手紙などよこしたことがないのですもの」

「あ――、陸下、悪いが俺は帰る」

カイさんはなぜかニヤッと笑って逃げた。

「わたしを置いていかないで！」

王妃様からの話を聞いてカイさんに置いていかれそうになり、慌ててご挨拶だけして帰った。

帰ってからも頭の中はパニック寸前だ。

――は、恥ずかしすぎる。知らなかったとはいえ、イアン様と思いっきり文通していたなんて。

カイさんにも呆れられたけど、最初の手紙はしっかり五枚ほど書き連ねた。

その返事には『騎士になったばかりなのだから、気負わず、焦らず地道にやっていくべきだろう』と、わたしを気遣う言葉がたくさん書かれていた。その優しい文章にまた返事を書いた。

そしてまた返事があり……気がつけば毎回の返事を楽しみに手紙を書いていた……。

イアン様はわたしだと知っていた。

どんなお気持ちでわたしに返事を書いていたのだろう。

わたしは返事が来る手紙を毎回ドキドキしながら待っていた。書いている時は楽しくて、見たこともない彼を想像していた。いつも優しい言葉で返事を書いてくれた。

わたしは書いた手紙をいつもメルーさんに渡していた。

メルーさんはその手紙をどうやって届けていたのかしら？　カイさんは知らなかったみたいだ。

わたしはメルーさんに尋ねた。

「メルーさん、わたしがいつも書いていた手紙、あれはどうやって相手に渡っていたのですか？」

「あ、あの手紙？　あれはわたしが騎士だった時の友人がいつも届けてくれているのよ」

軽い返事が来た。

――う、うん？　オリソン国とアルク国の王城を行き来するには往復二週間程掛かるはず。

わたしが考え込んでいると「その友人は二つの国を行き来する使者なのよ。だから渡してくれるの。カイさんが手紙の相手の名前を教えたから、毎回その人に渡してくれているみたいよ。その友人が行かない時は他の人が行ってるか、誰かしら配達してくれるのよ」とまた軽い返事。

「あの、その手紙の相手の名前をメルーさんはご存じですか？」

「え？　知らないわ。『はい』って渡すだけだもの」

「そうですよね？　ちなみにですが……わたしの元夫の名前はご存じですか？」

「名前？　うーん、確か殿下……イアン？　殿下？」

「ですよね」

——そっかあ、カイさんは会わせたくなくて手紙を書かせた。一度だけだと思っていたわよね、カイさんは。

なんだか不思議だった。終わった恋。終わった夫婦関係。

イアン様はどんな顔をしてわたしからの手紙を受け取り、返事を書いていたのかしら？

困り顔のイアン様を想像してなんだかおかしくて笑ってしまう。

でももう手紙は今回で終わり。

知ったからにはもう書くことはできない。知らないふりして最後に手紙を書こう。

そう思いながら、手紙を待った。

そして………

イアン様からの返事はわたしが終わらせる前に最後の手紙となった。

『自分は文官を辞めて国に帰ることになりました。もう手紙を書くことはできません。貴女《あなた》が騎士として過ごせますよう遠くから応援しております』

短い文だった。

わたしはその短い文を何度も読んだ。それ以上何も書かれていないのに。何もないのに……

何をワクワクして期待していたのだろう。

自分から終わらせる？

本当はイアン様から何か言ってくるのではと期待していた。

わたしはもう返事すら書けない手紙を握りしめて泣いた。

忘れていた？

ううん、何度も忘れようとして込み上げるイアン様への思いを、また思い出して苦しくなる。

忘れてしまおう。新しい恋をしよう。そう何度も思った。

みんなはどうやって辛い恋を忘れられるのだろう。

ジーナ様のように忘れられず狂う恋。

人知れず愛し合うジョセフィーヌ様と騎士様の恋。

新しい恋愛をして再婚したメルーさん。

お父様とお母様のように政略結婚でもお互い愛し合うことができた穏やかな夫婦。

わたしの人生はイアン様が全てだった。

——さようならイアン様。これで貴方との繋《つな》がりは本当に終わったのですね。

自ら手放した恋なのに……涙が止まらなかった。

◇　◇　◇

もうすぐ約束の二年。

俺は国に帰ることにした。文官を辞めることを決め、上司に辞表を出した。

「二年間お世話になりました」

「国に帰るのか？」

「はい」

自分の身分のことは何も伝えていない。ただ国に帰るとそれだけしか言わなかった。

すると「イアン様、お疲れ様でございました。帰国されたらぜひ我が国と交流させていただきたく思っております」と、上司であった人がいつもの軽い調子ではなく、突然畏《かしこ》まって話し出した。

「知っていたのですか？」

「陛下から貴方様のことは伺っておりました。ただ、部下として普通に接するようにと命を受け、黙っておりました」

「そうだったのですね。感謝いたします。わたしはこの国で平民の暮らしをさせてもらい、文官の大変さを実感できました。国に戻ったらここでの経験を必ず活かしていこうと思います」

「ぜひ最後に陛下にお会いになってください」

そして帰国する数日前に陛下に謁見することになった。

俺より少し年上の若い国王。

「イアン殿下、初めまして。お会いするのは初めてですね」

落ち着いた、静かな声だ。陛下は俺ににこやかに笑いかける。が、目は笑っていない。射るような視線で俺を見ている。

「ご挨拶が遅くなり、大変申し訳ございません。この国で一平民として過ごさせていただいたこと、心より感謝しております」

「殿下、少しは勉強になったかな？」

俺はニヤッと笑い返す。

「おかげさまで甘い考えは消えました。国に帰ってやりたいことがたくさんあります」

「それはよかった。我が国はまだまだ復興途中だ、貴方の国との交流もぜひお願いしたい」

「こちらこそもちろんお願いしたいと思っております。この国の鉄はとても品質がよく、我が国では作られていない作物もたくさんあります。これからが楽しみです」

お互い腹を割って話したわけではない。

自国にとって少しでも利益になるように、お互いが腹の探り合いだ。

それでも俺は二年間この国で過ごし、文官達の優秀さも知った。

そして国民達の貧しくとも未来を見つめて希望を持って生きる姿に感銘を受けてきた。

「次お会いする時は表舞台に立たれている貴方と。楽しみにしています」

陛下の言葉に「よろしくお願いします」と俺は答えた。

それから数日後、ブライス達が俺を迎えに来た。

「殿下、お疲れ様でした」

ブライスはこの二年間俺の席を守り抜いてくれていた。

「ブライスこそ、ありがとう」

「で、殿下が俺にお礼を言ってくれた」

ブライスは感動していた。

人使いの荒い俺でも感謝くらいはするぞ、と文句を言いたいけど、ブライスのこの二年を考えると俺は何も言えなくなった。

この国を去る時、オリエから届いた文官の俺に書いてくれた手紙を、迷いながらも捨てた。

愛していたオリエ、彼女は俺に気づかずに手紙をくれた。

俺も戸惑いながらも返事を書いた。

彼女の人となりがわかる優しい内容だった。可愛らしい生活の日々が綴《つづ》られていた。

オリエが幸せに暮らしている、俺はもうそれで十分だった。

そして俺は王太子としての生活に戻っていく。

国に戻ればすぐに忙しい日々が始まるだろう。

第三章

騎士生活にも慣れ、もうこの国から出ることはないだろうと思っていた。

「オリエ、君の父上が倒れたらしい」

カイさんからもたらされた言葉に、わたしの体は震えた。

「お父様が？　どうなさったのですか？」

「はっきりとはわからない。一度帰って来てほしいと急ぎ連絡が入った」

カイさんが両親にたまにわたしの近況を伝えてくれているのは知っていた。

でも、わたし自身は公爵家とは久しく連絡を取っていない。今更顔を合わせるのも帰って来いと言われるのも怖かった。会うのは騎士として自信が持てるようになってからだと思っていた。

数日後、わたしは休暇をもらい、馬を飛ばして国へと向かった。急げば四日程だ。カイさんが道中付き添ってくれた。馬にはかなり無理をさせ、四日はかかるところを三日で着いた。

久しぶりの我が家。

門を守るのは顔を知らない騎士だった。三年の時が経《た》てば、わたしの顔を知らない人もいる。

「おい、お前、許可なくこの屋敷内には立ち入るな。身分証は？」

わたしは公爵家の身分証を持っていない。今持っているのはオリソン国の騎士オリエとしての身分証。わたしはそれを提示したが、さらに怪しまれた。

「他国の女騎士か？　何の用だ？」

「わたしはオリエ、この公爵家の娘です」

三日間も馬を飛ばして来たため、わたしの姿はボロボロで公爵令嬢には到底見えない。

「帰れ！　仕事の邪魔だ！」

こんな時カイさんが居てくれたら……

この国に着くと、カイさんは用事があるからと別れた。

わたしもまさか自分の家に入れてもらえないなど、夢にも思わなかった。

「オーヴェン・クラーク様、もしくはアレック・バーグル様、お兄様のライル・バーグル、誰でもいいからオリエが帰って来たと伝えてください。それが駄目ならマチルダか護衛騎士のブルダでもいいわ。連れて来るまでわたしはここを離れません」

わたしが名前を言うと、「なぜ名前を知っているんだ？」「さらに怪しい、こいつを捕まえよう」と言い出した。捕まれば中に入れる。顔さえ見れば、わたしを覚えている騎士達も多いだろう。

わたしは黙って捕まることにした。ただこの門にいた騎士達はわたしの腕を掴《つか》むと、両手を後ろで縛り引き摺《ず》るように連れて行く。

——絶対後でこの二人、鍛え直してやる！

わたしの衣服はボロボロなうえに引き摺《ず》られ、ズボンは破れて血が滲《にじ》んだ。

——後でジーク国の塗り薬を塗らなくっちゃ。

わたしが連れて行かれたのは騎士達が居る訓練場の横の建物。

わたしをオーヴェン様の前に連れて行き、投げ飛ばした。

「この怪しい他国の騎士を捕まえて来ました」

「オーヴェン副団長の名前を出したので、何かあると思い捕らえました」

オーヴェン様はボロボロのわたしを見て眉を顰《ひそ》めた。

「お前達、何もしていない他国の騎士に対してなんで乱暴なことをするんだ」

――オーヴェン様、気づかないのかしら？

二人の態度を叱ってから、床に倒れて動けないわたしのそばに来た。

「申し訳なかった、乱暴なことをして。手のロープを解こう」

ロープで縛られて投げ飛ばされたわたしは立てずにいた。オーヴェン様は他の騎士に頼まず、自ら縄を解こうとしてくれる。

「オーヴェン様……ありがとうございます」

お礼を言うとオーヴェン様は驚いてわたしを見た。

「オリエ様？　オリエ様!?　……なぜ!?　申し訳ございません」

正体に気づいたオーヴェン様は慌ててロープを解き、わたしを抱き抱えた。

「お前達、退け！　オリエ様をお屋敷に連れて行く！」

「オリエ様？　本当だ。おい、オリエ様になんてことをしたんだ」

わたしの顔を覚えていてくれる懐かしい顔がたくさんあった。

「わたし、あまりにも変わってしまったのかしら？　みんな気づいてくれなかったわ」

オーヴェン様に抱抱えられたまま、苦笑いする。

「オリエ様、いい顔をしていますよ。騎士として頑張ってこられたんですね」

オーヴェン様の言葉にわたしは「ありがとう」と小さな声でお礼を言った。

「オーヴェン様、下ろしてください。歩けますから」と告げても「うちの者達がすみません、膝から血が出ています。下ろすわけにはいきません」と頑《がん》として下ろしてくれない。

わたしは諦めたのと大好きなオーヴェン様が懐かしくて「ふふ、甘えます」と言った。

屋敷に入ると、マチルダ達侍女が驚いた顔をしてわたしを抱き抱えるオーヴェン様を見た。

「オリエ様！」

わたしの顔を見てすぐに気がついたマチルダは走ってわたしのところへ来た。

「どうしたのですか？　その怪我、そんなに汚れて」と泣きながら言う。

体調を心配しつつも、すぐに入浴の準備をしてくれる。

話は後にして、先に傷の手当てと入浴を済ませてくれた。

そして先ほどのことをオーヴェン様から聞き、ブルダを呼び出して「門にいた騎士達を鍛え直してしばらく立てないようにしてちょうだい！」とかなりご立腹で、わたしは久しぶりにマチルダの怖い顔を見て懐かしくてクスッと笑った。

やっと落ち着いた頃、お母様とお兄様がわたしの部屋へ来た。

「オリエ、帰ってきてくれたのね」

「久しぶりだな、オリエ。おかえり。あまりの変わりぶりに、みんな気がつかなかったらしいな」

お兄様は苦笑いしながらわたしの怪我を確認する。

「あいつら、どうしてくれよう」

怖い顔をしたお兄様に「マチルダがブルダに頼んで鍛え直してくれるそうなので大丈夫ですよ」と伝えた。

「そうか、じゃあ、ブルダが終わったら次は俺が鍛え直してやろう」

そう言ってわたしに優しく微笑《ほほえ》んだ。

わたしはお父様の容態を聞いた。

「父上は倒れてから今もまだ寝込まれている」

「病状は？」

「心臓発作だ。今は落ち着いているよ」

——心臓？

「心配するな、そこまで悪いわけではない。最近、この国の膿《うみ》を出すためにみんな忙しくてな。父上も少し無理をしすぎた。安静にしていれば大丈夫だ」

「よかった、倒れたと聞いて急いで駆けつけたんです」

「すまない、あの時はもうダメかもしれない、オリエと会わせてやりたいと思ったんだ」

「いいえ、親不孝してこの家を出たわたしに、そう思ってもらえただけでも嬉しいです」

「オリエが辛い思いをしていたのに、俺達は教えないことが優しさだと勘違いしていた。特に父上は君に上手く話せずにいたから、冷たい父親だと思っていただろう。でも父上はオリエを心配していたし、君がオリソン国でどんな風に過ごしているかずっと気がかりだったんだ」

「わたしもこの家を出て、やっとお父様の不器用な優しさに気がつきました」

——わたしがオリソン国に居ると知っても、無理やり連れ戻さなかった。そしてわたしの誕生日には、そっとプレゼントを贈ってくれた。新しい剣や刺繍《ししゅう》入りの剣帯、普段着など、公爵令嬢が貰うことはないものばかり。名前は書いていないプレゼント。でも両親だとわかった。わたしの好きなお菓子が入っていた。公爵家の料理人が作ってくれたクッキー、懐かしい味。

そして必ず四つ葉のクローバーのしおりが入っていた。その葉一つ一つに「愛・健康・幸運・富」の意味を持つ四つ葉のクローバー。お母様が、お父様とお兄様が危険な仕事に行く時に必ず渡すものと同じだ。

わたしはお父様の寝室へ向かう。

そっと眠っているお父様の顔を覗《のぞ》いた。三年も会っていなかったお父様は少し老けて体も細くなっていた。ずいぶんとご無理をされているのだろう。

わたしは声をかけずに部屋を出ようとした。

——またあとで会いに来よう。

「……オリエ？　まさかな……あの子がここに居るはずがないか……オリエ……」

とても切ない声。

わたしは「お父様……」と震える声で呼んだ。

「え？」

お父様は驚き、呆然としてわたしを見つめた。

「本当に、オリエ？」

「はい、お父様が倒れたと聞いて急いで戻ってきました」

わたしはお父様に抱きついて泣いた。

「お父様、黙って家を出てごめんなさい、心配ばかりかける親不孝な娘で申し訳ありません」

「違う、わたしが悪かったんだ。オリエが殿下のことで苦しんでいるのに助けてやりもしないで黙って見守っていた。わたしは間違えた、一番大事な娘を苦しませてしまったんだ」

「わたしはみんなに守られていたと後で気がつきました。ありがとうございました」

しばらく滞在し、お父様の看病をして過ごそう。


それからお父様の体調は徐々によくなっていった。

ベッドから起き上がり、昼間は執務室で仕事をする時間も増えてきた。

「お父様、あまり無理をしないでください」

わたしが注意をすると「わかった」と苦笑いする。

「もっとしっかり注意してください」

お父様の補佐をしている人達から、「オリエ様の言うことしか聞きませんから、ぜひもっと言ってください」と言われた。お兄様達に何を言われても「うるさい」と聞く耳を持たないお父様もわたしの言うことだけは聞いてくれる。

だから「帰る」となかなか言えないでいた。

お母様は「オリエ、久しぶりに夜会にでも行かないかしら？」と言い出した。

「お母様、わたしはもう平民として生きております。貴族として過ごすことはありません」

わたしの言葉にショックを受けて寂しそうにするお母様。

でもいずれはここを出て、オリソン国へ戻る。

ここで線引きしておかなければ、無理やり理由を作ってこの国に留まらせようとするだろう。

「そう……でもね、陛下が一度顔を見せるよう、仰っているのよ。流石にそれはお断りできないわ。

一緒に行きましょう？」

「……はい」

どこの国も国王は人の気持ちなど考えないで呼び出してくるわね。

オリソン国でも、陛下はもちろん、最近は王妃様もよく「お茶をしましょう」と呼び出しては他

愛もない話を聞かされる。

久しぶりに新しいドレスに袖を通し、綺麗に髪を結い上げられてお化粧をされた。

三年ぶりのお洒落は少し楽しくもあり、窮屈でもあった。

オリソン国で陛下達にお会いする時は騎士服を必ず着ていた。ドレスは全く着なかった。いや、

絶対に着ないようにしていた。

わたしは騎士であって、決して令嬢ではない。この三年、ずっとそう思って生きてきた。もちろ

251　そんなに側妃を愛しているなら邪魔者のわたしは消えることにします。

ん充実した日々だった。

でも今ここで両親の温《ぬく》もりを感じれば、自分がダメになりそうで怖い。

早くオリソン国へ戻りたい。カイさん、早く迎えに来て。

「また迎えに来るから、実家で親孝行をしていろ」

そう言ってカイさんと別れてひと月余り。一向に迎えにこないし連絡すらない。

それから馬車でお母様とお兄様と王宮へ向かった。

王宮に来たのは、わたしが離宮をこっそりと出てからだから、三年半ぶりくらいだろうか。

オリソン国以上に広い王宮内。騎士の数も倍以上だ。

国の豊かさは一つ一つの建物の豪華な作り、そしていくつもある庭園を見ればわかる。

近衛が着る騎士服すら、わたしが普段着ている服よりも手が込んでいて豪華ね。

わたしは懐かしい庭園を歩いた。色とりどりの季節の花が細やかな手入れをされて咲き誇っていた。大好きだった思い出の場所もそのままだった。

四阿《あずまや》でふと足を止めた。わたしがイアン様と何度もお茶をした場所。

恥ずかしくて話ができなくて、でも、一緒にいられるだけで幸せだった。

優しい笑顔のイアン様にわたしは俯《うつむ》いてばかり。それでもどんなに王太子妃教育が辛くてもイアン様の顔を見るとまた頑張ろうと思った。

……いいえ、わたしはイアン様の顔を見ていなかったのね。もし、もっとしっかり彼の顔を見ていれば彼の愛情に気づけたかもしれない。恥ずかしいと俯《うつむ》き、前を見ることができなかったわたし。

愛されたいと望んだけど、自分から動くことはなかった。

わたしは思い出の場所をじっと見つめ、「ごめんなさい、お待たせしました……とても綺麗なお花に見惚《みと》れていました」と二人に謝り、陛下の元へ向かった。

◇◇◇

王太子に戻って数か月、日々忙しく送っている。

まずは、まだまだ蔓延《はびこ》る貴族達の悪習を洗い出す作業からだ。

国の予算を精査してきちんと使われているか、帳簿との睨《にら》めっこが始まる。

その一方で信用できる側近達に頼んでチームを作り、急ピッチでここ数年のお金の動きを調べた。

脱税は当たり前、予算を勝手に使い込む者、横領する者、多岐にわたる調査は簡単にはいかない。

それでもひと月近く夜遅くまで頑張ったおかげで、ようやく目処《めど》を立てられた。

「殿下、少し休ませてください」

「これが終わったら特別給金絶対にもらいますから！」

「みんなありがとう、目処《めど》は立った。明日は休んでくれ」

夜遅くまで頑張ってくれたみんなは帰った。

ブライスは一人残っている。

「ブライス、帰らないのか？」

「どうせ殿下は一人でまだ仕事をするんでしょう？　付き合いますよ」

「お前みたいないい奴が、なんで結婚できないんだろうな」

「そりゃ、殿下の人使いが荒いから、結婚も恋愛もする暇がないんです」

ブライスはそんなことを言っているが、伯爵家の優秀な嫡男だ、婿入りしないかといくつも話がきているのを知っている。それをまだ断っているのは俺が落ち着いていないからだ。

「俺が結婚すればお前も安心するだろう？　オリエとジョセフィーヌと別れてから三年が過ぎた。俺もそろそろ新しい妻を迎えないといけないな」

口に出してしまうと、もうオリエのことは終わったと自分でも認めたのと同じだ。

「殿下は、もういいのですか？」

「何がだ？」

「オリエ様が今、この国に帰ってきていることはご存じですよね？」

「公爵には無理をさせてきたからな。俺の我儘《わがまま》で二年間、お前達と共に俺の地位を守ってくれた。さらにはこの国の膿《うみ》を出すために動いてくれている。倒れた時はかなり心配したが、オリエが戻ってきて嬉しそうにしているとライルが言っていた。公爵は娘に素直な態度が取れない方だったが、今は人が変わったように溺愛しているらしい」

「殿下、俺は貴方の友人です。最後にもう一度だけ、オリエ様に会われませんか？　文通するほどの仲だったのでしょう？」

「は？　なぜお前が知っているんだ」

「俺達は常に殿下を見守っていましたから、報告はしっかり入っていますよ。オリエ様を助けたのも殿下で、そのお礼の手紙をもらってから何度もやり取りをされていたでしょう」

「オリエは俺だと知らないでずっと手紙を書いていた。だからとても砕けた内容だった」

そう、オリエの先輩の恋の話が書かれていた時には驚いた。

オリエの取り繕わない内容の手紙に、いつも儚《はかな》げで美しく庇護《ひご》欲をそそられ、守ってあげたいと思っていた彼女の意外な姿に、驚きながらも人間味を感じ、凄く身近な女性に思えた。

彼女の可愛らしい手紙に俺は本当のことを言えず、でも切なくなって何度も何度も読んだ。

それなのに、この国に帰ると決めた時オリエの手紙を捨てた。俺の思いも一緒に捨てたはずだ。

「俺はこれから、この国のために生きると決めた。しつこい、もう終わったんだ」

◇　◇　◇

陛下と王妃の二人が優雅に座ってわたしを見下ろしている。

わたしは久しぶりに令嬢としての挨拶をした。

「国王陛下、王妃様にご挨拶申し上げます」

カーテシーをしてしっかりと頭を下げた。声が掛かるまで下を向いたまま。

「顔を上げなさい」

陛下の声にやっとわたしは頭を上げた。目の前にいるのは元義父と義母でもあった人。

思い出すのは「子供はまだか?」「貴女《あなた》がもっとイアンに寄り添うべきなのよ」などと言われ続けた言葉ばかり。

「久しぶりだな」

「ご無沙汰しております」

わたしは続けたい言葉もなく、言われたことに返すことしかしない。

一瞬にして感情すら消えた。この王宮も二人の纏《まと》う空気も嫌なことしか思い出させない。

イアン様とジョセフィーヌ様が仲良く寄り添う姿。それを優しく見守る陛下と王妃。

王太子妃の仕事も必要ないと言われた。

何もない。愛も優しさも。そして唯一残っていた仕事すら。わたしは一人離宮で何も見ないように、何も感じないように過ごしてきた。それが全てわたしのためだった?

違う、あれは演技なんかではない。わたしのためにイアン様が動いてくれたことだとしても、ア・レ・も真実なのだ。

陛下と王妃が何か話しかけている。

わたしの耳には何も入ってこない。時おり相槌をうち、微笑《ほほえ》む。

わたしの心には何も入ってはこない。

――ここはわたしがいるべき場所ではない。ぐらぐらと頭が回る、気持ちが悪い。吐きそう。

お兄様の上着を掴《つか》み、「お兄様……助け……て」とだけ言うとそのまま意識を手放した。

◇　◇　◇

俺の耳に突然入ってきた連絡。

「オリエが登城していた？　そして倒れた？」

どういうことか側近に説明させた。

「父上と母上がオリエを呼び出した？　なんのために？」

この王宮はオリエにとってはいい思い出なんかない。俺がオリエを虐《しいた》げてきたのだから。

ジョセフィーヌとの仲を見せつけ、腰に手をやり仲睦《なかむつ》まじく過ごした。オリエに優しく話しかけることなんかしなかった。それがオリエを守る唯一だと思っていた。

馬鹿なことしかしていない。

父上と母上も俺がオリエを突き放していることを知っていた。何度もその態度をやめるように言われたが、俺はこれが最善だと思っていたし、正面から向き合えないほど拗《こじ》れていた。

だから陛下達は、オリエから俺に向き合うようにと言っていた。

オリエからすれば、全くいわれのない言葉だっただろう。

「オリエは？」

「公爵の部屋で医師の診察を受けています」

「そうか……少しだけ様子を見てくる」

会えるとは思っていない、自分で確認だけしたい。

公爵の部屋へ行くと、騎士が数人立っていた。

「オリエは？」

俺の言葉に頭を下げて「診察中です」と無表情で答えた。

ここにいる者達にとってオリエは守るべき主なのだろう。今の俺は、オリエに酷いことをした元夫でしかない。オリエにとって害でしかない。

「誰か中にいるオリエの様子を聞いてきてくれないか？」

「……わかりました」

嫌々中に入る騎士。お前達、俺に対して不敬だぞ！　普段ならそう思う態度だ。

だが今の俺はオリエの様子をどうしても知りたかった。

しばらく部屋の外で待っていると「オリエ様は屋敷に帰られるそうです」としか言わない。

「体調は？」

「ライル様が……こんな王宮に置いていていたら良くなるものも悪くなるだけだ、早く連れて帰る！と言っております」

騎士はまた無表情で答えた。

「あまりよくないのだな、わかった」

俺に会わせるつもりなんてないのだろう。もちろん会えるなんて思ってもいない。

俺はその足で父上と母上の元へ行った。

◇　◇　◇

目が覚めるとわたしの部屋にいた。

「……え？」

窓の外は暗くなっていた。

そっと起き上がり、明かりをつけて時計を見るともう夜中だった。

テーブルに置かれた水差しを取りコップに注いで、渇いた喉を潤した。

外を覗《のぞ》くと静かだ。もうみんな寝ているのだろう。

わたしはカーディガンを羽織り、屋敷を出て庭を歩いた。

暗闇の中星が輝いていてとても綺麗だった。足元にはいくつかの灯りが点いているので、思ったほど暗くはない。

今日は精神的にとてもまいってしまった。忘れていたはずの辛い記憶が蘇《よみがえ》ってきた。

陛下から言われた言葉がまた脳裏を過《よぎ》った。

『オリエ、もう一度我が国で暮らそうとは思わないのか？　バーグル公爵も君がそばに居れば安心だろう。お前に良い夫も紹介しよう』

陛下はわたしがこの国で暮らすことを望んでいる。

お父様の体調が悪く、娘を心配する父親の不安を取り除くためなの？

それともイアン様とジョセフィーヌ様の結婚でわたしを苦しめたことへのお詫《わ》び？

わたしはカイさんやメルーさん達との暮らしがとても気に入っている。今更貴族の世界で暮らしたくない。

でも、お父様のそばに居たいのも事実。思った以上に体調を悪くしていたお父様、わたしを心配して少しやつれていたお母様。

星空をみていると、モヤモヤした気持ちが少しだけ晴れる気がする。

その時、背後からガサッと音がした。振り返るとお兄様が立っている。

「お兄様？」

「こんな夜中に一人で庭に出たら危ないだろう？」

「心配かけてごめんなさい。連れ帰ってくれたのはお兄様ですよね？　ありがとうございました」

「陛下達は勝手だ。お前の気持ちなんか考えずに無理やりこの国に留まらせようとするなんて」

お兄様はかなり怒っていた。その姿にわたしはクスクスと笑った。

「イアン様と結婚していた時、自分の存在価値のなさに嘆き悲しむことはあっても自分から行動しようとはしませんでした。彼に気持ちを伝えもせず、陛下達にいろいろ言われて辛くてもそれを口に出しませんでした。そんなことを考えていたら王宮にいるのが苦しくて……強くなったと思ったのに……いまだに心が弱いなんて恥ずかしい。強くありたいと思っていたのに」

「俺達が間違っていたんだ。イアン殿下がお前を愛していたのは知っていた。そのせいでお前の命が狙われた。だからわざと冷たく当たることでお前の命を守っていた殿下に、どうせならオリエにさっさと捨てられればいいと思っていた。だから何も伝えなかった。だが現状に腹が立っていたのも本音で殿下には何度も忠告した、このままではオリエが可哀想だと。全く正反対の気持ちを同時に抱えていたんだ」

「わたしは……この屋敷を出て平民として暮らしだしてから周囲に守られていたのだと気づきました。もちろん今もカイさん達に守られながら暮らしているので変わりませんが……自分の力で生きていこうともがいてやっと周りを見られるようになりました。お父様達の気持ちもイアン様の気持ちも今なら少しはわかります。人の命を守るのって簡単ではありませんよね、時には自分の心を殺して相手に嘘をつくことも必要ですもの。わたしはどれだけ綺麗な世界で生きてきたのでしょう。全く気がつきませんでした。人の悪意も善意も……今ならわかるのに……」

お兄様とこんな風に会話をしたことは初めてかもしれない。

わたしは十六歳になってすぐに結婚した。考えてみればまだ少女でしかなく、やっと大人の仲間入りしたところだった。お兄様にとってはわたしはずっと年の離れた妹のまま。

やっと今対等に……ううん、少しだけ近づけて話せるようになった。

「オリエはやはりカイ殿の元へ帰りたいか？」

——今の生活基盤はオリソンにある。同僚や先輩、最近はなぜか王妃様とも仲良くなったし……

「はい、お父様の体調が落ち着いたら帰るつもりです」

「わかった、もしまた陛下達が何か言ってきてもお前が会いに行く必要はない。こちらでハッキリと断る」

「ふふ、また守られてばかりですね。ありがとうございます」

お父様の体調が落ち着き、わたしは帰ることを両親に伝えた。

「そう……帰るのね、でもオリエの家はここでもあるのよ。いつでも帰ってきてね」

お母様はわたしを引き止めようとはしなかった。

お父様も「そうか」としか言わなかった。

この国にいる間は、騎士団のみんなと共に鍛錬に励み体力作りだけは欠かさなかった。

あれから陛下達から何か言ってくることはなくなった。

わたしにこの国に留まって欲しかったようだが、貴族としての生活を捨てたわたしにはこの国はとても窮屈だった。

「お兄様、次帰ってくるのはお兄様の結婚式になると思います」

わたしが笑顔で言うとお兄様も「あと半年後だ。楽しみに待っているよ」と言ってくれた。

カイさんが結局迎えにきてくれたのは、陛下に謁見してからずいぶん経《た》った後だった。

「遅くなって悪かった。こっちでいろいろしてたら時間が経《た》ってしまった。さあ、帰ろうか」

久しぶりに会うカイさんにホッとした。

彼はわたしの新しい家族だ。メルーさんとマーラちゃんの待つ、オリソンへやっと帰れる。

「また来ます！」

みんなと笑顔で別れてわたしの家に帰る。

◇　◇　◇

「父上、母上、お話があります」

俺は二人がオリエの謁見の後、特に予定が入っていないと確認して会いにきた。

「なんだ？」

父上は俺が来た理由がわかっていながら返事をした。

「なぜ今更、オリエをここに呼ばれたのですか？」

「何が悪い？　久しぶりに戻ってきたと聞いて顔を見たくなっただけだ」

父上は何を言っているんだとばかり、呆れながら言った。

「謁見中、オリエが倒れたと聞きました」

「体調でも悪かったのだろう？　しかし、もうお前の耳に入るとはな。大した情報網だな」

「そんなことより、なぜかと聞いているのです」

「その様子だ、既に話の内容も知っているのではないか？」

「わたしが知るのは彼女がここで倒れたことだけです。内容全てまでは把握しておりません」

「……全てか、少しは聞いたのだろう？　もう一度我が国で暮らす気はないかとオリエに問うた。新しい夫も紹介してやろう、ともな」

「やはり……なぜですか？　そんな話、どうして今になって」

「理由が必要か？　娘がこの国に留まればバーグル公爵の体調も安定するだろう。倒れたのは心労もあるからな。それにお前に側室を娶《めと》らせ、オリエの心を壊した詫《わ》びもある」

「陛下に紹介されれば断ることなどできないとご存じでしょう？　それに彼女にはこの王宮での暮らしによい思い出などありません。訪れても居心地が悪かったでしょう」

「お前がそうさせたのだろう？　お前にはオリエへの態度を改めるよう言ったではないか」

「確かにわたしの彼女への態度は最低でした。今更そのことについて言い訳はしません、しかし蒸し返したり、新しい夫を紹介したりするなんて、よくも言えましたね？」

「公爵の娘であの美しさ、そのまま他国に奪われるなどもったいないと思わないのか？」

「オリエは物ではありません！」

「一番物として扱ったのはお前だろう？　壊れては困る宝物のように扱い、実際壊したのだ。まあ、たかが側室ができたくらいで落ち込み、実家に戻って離縁したのだから、オリエには王族に嫁げる価値はなかっただろうがな」

　その言葉を聞いて堪えていた怒りが爆発する。

　何を、一体この人は何を言っているのだ？

　俺しか息子ができなかったが、自分は母上だけで側室を娶《めと》らなかった！　もちろん愛妾もいない。

「ならば陛下、今からでも若い側室を娶《めと》り、子をもうけてください。俺はこんな国糞食らえです！」

「ほう、その言葉は本気か？」

「俺がこの国に戻ってきたのは、腐った貴族達を一掃したかったからです。そして新しい体制を整え、少しでも国民が暮らしやすくしたかった。ある程度目処《めど》は立っています。俺がいなくてもこのまま動くでしょう。どうぞ俺を廃嫡してください」

俺は頭を下げた。

「お前に期待している者達への裏切り行為だぞ？」

「俺はオリエを娶《めと》れと言われ、素直にまだ年若い彼女を娶《めと》りました。関係を改善するだけの時間もなくどんどん捻《ねじ》れていきました。さらに側室を強制的に娶《めと》らされました。全て俺が貴方に逆らえなかった未熟さからです。だからこそこんな未熟な俺に国王は向いていません」

「側室の件は……確かにわたしが悪かった。だがオリエに夫を紹介しようと言ったのは……」

父上が口籠もると、黙っていた母上が口を挟んだ。

「この人は貴方に対してどうして不器用な物言いしかできないのかしら？　イアン、陛下はオリエにもう一度この国に戻って貴方との再婚を勧めようとしたのよ。皆の前で国王が謝るわけにはいかなくて……あんな強引な物言いしかできなかった……誤解させてしまったけど」

俺は呆れて二人の顔を仰ぎ見た。

父上達と話したが、俺はもうこれ以上この国で暮らすことは無理だと結論付けた。

オリエの件だけではない。不正がここまで蔓延《はびこ》ったのは父上が国王になってからだった。高位貴族達は王族に対して脅威を感じていない。それをそのまま好き放題にさせ、貴族達はますます領民に重税を課している。そのせいで国民の生活は困窮を極めた。

他国よりも大きな国土を治め、全てに目を光らせるのは大変だろう。

だがそれにしても内政がかなり酷い。

貴族達を完全に粛清し、新しい体制を敷くのに数年はかかる。

俺はある程度まで基礎を作り上げてきた。

二年間他国で文官をしたが、ブライスとは連絡を取り合っていたし、従兄《いとこ》達とも話し合いはしていた。みんな下準備はしっかり行い、俺がいない間も戻るのを待ってくれていた。

そして俺の不在時に、貴族達はさらに悪どいことをしていた。

見逃していたのは悔しいが、その分証拠が増えて彼らを徹底的に粛清できる。俺の側近達は証拠固めに動いてくれていたのだ。

国に帰って一度はこの国に骨を埋《うず》めるつもりでいたが、もう我慢できない。

俺は王位継承権を放棄する。そして父上にも国王の地位を降りてもらうつもりでいる。

反乱とまではいかないが、新しい国作りに何もできない古い王の血は要らない。これからは国民が選んだ者がこの国を統治していくべきだ。

その形づくりに俺は奮闘してきた。流石《さすが》に半年、一年では終わらない。

それでも俺は二年間と決めて動いた。

そして、父上達を退位させることに成功したのは俺が継承権を放棄すると決めてから一年後だった。のらりくらりと逃げて王位にしがみつく父上に、新しい閣僚達と貴族院が退位を促した。

「陛下、自ら退位されることをお勧めします。辞めさせられて惨めに余生を過ごすより、勇退を選ばれる方がよろしいのでは？」

貴族院の者達からの言葉に父上は唇を噛《か》んで悔しそうだったが、自分が行ってきた治世があまりにも乱れ混乱を招いたことを認め、「わかった退位しよう」とやっと言った。

——長かった。

父上は母上と二人で古くから持つ領地に移り住む。贅沢《ぜいたく》さえしなければゆっくりのんびり暮らしていけるだろう。緑に囲まれた自然豊かな場所だ。

俺は父上の退位の後、国の文官や貴族を集め、投票で国の代表を決めた。

もちろん俺は立候補しなかった。

「俺は王位継承権を放棄します。ただすぐに辞めればこの国は更に混乱するでしょう。次の代表者に引き継ぐまでは残りたいと思います」

そしてその宣言通り、俺は次の代表者として選ばれた従兄《いとこ》のバーナードに全てを引き継いでから国を出た。当初の予定より半年ほど早かった。


アルク国へ戻ってから、また文官として働かせてもらうことになった。

「イアン、久しぶりだな」

アルク国の国王は俺をみてニヤッと笑った。何も聞いてこない。全て耳に入っているのだろう。

「この国では平民でしかないイアンとして、また一から始めたいと思います」

「まあ、それもいいかもしれないが、お前の実力をそのままヒラの文官として使うのはもったいない。せめて男爵を受爵してくれ。そして俺の側近へ這《は》い上がってきてくれないか？」

俺はもうすぐ二十七歳。オリエと離縁してから約五年が過ぎていた。

再婚もせず、気がつけば無我夢中で走り続けてきた。それでもアルク国でまだまだやり残したことは多い。俺はこの王の元でこれからを過ごしたい。

そして平民から男爵となった。ただ、領地すら持たない名前だけの男爵に。

しっかりこき使われる側近として。

◇　◇　◇

オリソン国に戻った、ある日のこと。

「しばらく演習に行ってもらう。場所はアルク国だ」

騎士の中から数十人が呼ばれ、合同演習としてアルク国へ向かうことになった。

「オリエ、たまには他国へ行くのもいい勉強になるわ。ついでに珍しい物でも買ってきて」

王妃様はしばらく会えないからとわたしを呼び出し、ついでにお土産をねだる。

「はい、何か探してきます」

王妃様の膝の上にはスヤスヤと眠る生後半年の王子がいた。

「マルクス王子が喜びそうなものはあるかしら？」

わたしは王子の可愛い寝顔に癒されながら呟《つぶや》く。

「貴女《あなた》が帰ってきた頃にはこの子ももう少し成長していると思うわ。楽しみにしていてね」

「ご期待に添えるかわかりませんが、探してまいりますのでお待ちください」

わたしは王妃様と笑顔で別れた。

半年間の合同演習はかなり厳しいものになるだろう。

一番下っ端だったのに、今では先輩と呼ばれるようになった。

甘ちゃんだったわたしも今はカイさん達の家から出て、一人暮らしを始めた。

まぁ、週に一回は帰って顔を出してまだ甘えてはいるけど。

恋人？　男ばかりの職場なので、声はかけられるけど今のところ恋人はいない。

もうすぐ二十二歳にもなるのに恋人すらいなくて、周りからは行き遅れになると心配される。

「一度離縁しているので大丈夫です」と笑顔で答えると、可哀想な目でみられる。


そしてアルク国へと来た——かつてイアン様が文官として働かれていた国。

一緒に来た数十人がアルク国騎士団の建物に案内された。ここで半年程暮らすのだ。

わたしのほかに女騎士はあと五人。

二人部屋に案内されて同期のカレンと暮らすことになった。

毎日ハードな合同演習で、部屋に戻るとシャワーを浴びて眠るだけの毎日が続いた。

二週間頑張って、やっと二日間の休みが貰えた。

「ねえ、買い物に行かない？」

どこの国に来てもやっぱり女性は買い物が好きよね。

わたしはどちらかと言うとスイーツが食べたい。

「うん、美味しいケーキ屋さんに付き合ってくれるなら行くわ」

こうして二人で街へと出かけた。

初めての街はやはりオリソン国とは違う。建物もオリソン国はレンガ造りが多いけど、アルク国は木造が多い。可愛いカフェを見つけて二人でケーキを食べていると、カップルが入ってきた。

「イアン様、ここのお店です」

「へえ、ここが女の子に人気のお店？」

わたしは聞き覚えのある声に固まった。

――ううん、そんなはずない。だってイアン様はこの国を出て自国に戻ったんだもの。

恐る恐るカップルへと顔を向けた。そして視線が合ってしまった。

――あっ……

「オリエ？」

「イアン様？」

わたしは思わずイアン様の名前を呼んでしまった。隣には可愛い彼女がいるのに……

「あ……ご、ごめんなさい、まさかここにいらっしゃると思わなかったので」

「俺こそ驚いた……あ、もしかしてオリソン国との合同演習で君も来ているのか？」

「はい」

それ以上会話は続かなかった。

急いで食べ終わり、イアン様と彼女が座っているテーブルの横を通って（通らないと店を出られない）わたし達は店を後にしようとした。

「待って！」

イアン様が突然わたしに話しかけた。

「あ……」

イアン様は慌てて隣に座る彼女に声をかけ、わたしの元へやってきた。

「オリエ、少しだけ話せないか？」

「でも、いいのですか？」

わたしはチラッと彼女を見た。彼女もわたし達をじっと見ている。

「うん、先に帰ってもらうように言ったから大丈夫」

カレンはわたしとイアン様のやり取りを見て「オリエ、先に帰っているからゆっくりしてね」と言い、さっさと帰っていった。

わたしとイアン様はカフェを出て近くの広場へと向かった。

広場のイスに座り、目の前で何かを突《つつ》いている鳩を黙って見つめる。

「……オリエがまさかこの国にいるとは思わなかったよ」

「わたしもイアン様がこの国にいらっしゃるとは思いませんでした」

二人は目を合わせてクスッと笑った。

「でもいいのですか？　彼女さんが勘違いして喧嘩《けんか》にでもなったら大変です」

「彼女？　ああ、彼女は同僚だよ、今、俺達は街を見て回って王都の観光パンフレットを作っているんだ。旅行者向けにね」

「同僚？」

「そう、ケーキ美味しかっただろう？　とても人気があるらしくて調査に来たんだ」

「ではお仕事中だったのですね、それなら急いで戻らないといけないのでは？」

「ううん、大丈夫。俺これでも文官でも上の方になったからね、時間は好きに調整できるんだ」

「そうなんですか」

それからイアン様はどうして今この国にいるのか説明してくれた。そして国王陛下達がわたしに結婚を勧めようとしたこと、無理やり国に留めようとしたことを謝ってくれた。

でもわたしは陛下達が退位されたことなど何も知らなかった。

カイさんがわたしに情報が入らないようにしてくれていたのだろう。

オリソン国の王妃様達もわたしにその話題は振らなかった。

わたしも騎士になりたての頃、助けていただいたことにやっとお礼が言えた。

「イアン様のおかげで、今もこうして騎士として過ごしていられます。本当にありがとうございました。そして助けてくださったのがイアン様だと知らずに失礼なお手紙を何通も送ったこと、申し訳ありませんでした」

「たまたまあの国にいた時に君を助けられてよかったよ。手紙は……なんて返事をすればいいのか悩んでしまったな、でも君の意外なところがわかって楽しかったよ」

わたしは穴があったら入りたくなった。

「イアン様とこんな風に話せるなんて夢にも思いませんでした。もう離縁して五年以上経《た》つんですね。月日が経《た》ってやっと貴方と向き合えました」

「俺も君とこんな風に話せると思わなかった」

イアン様に恋をして結婚して過ごしてきた日々より、このほんのひと時の方が楽しかった。

――たぶんそこにもう愛情がないからだ。お互い肩の力を抜いて話せたのだろう。

どう話していいのかわからなかったあの辛い日々、彼の背中ばかりを見続けた日々、それがもう終わったのだと今やっと感じた。

どんなに話していても、切なくなることも胸が痛むこともなかった。

わたしは彼と笑顔で別れた。

◇　◇　◇

アルク国に戻ってきて数か月。

陛下に男爵の地位を賜り、資格を得て上官の試験を受けて側近として働くようになった。

まだまだこの国は復興中。やることはいっぱいある。

そんな中、なぜか今日、部下と街に出ていろんなお店を見て回れと陛下に言われた。

王都のパンフレットを作る案は俺が出した。

ようやく国外から旅行客が増えてきた。だから国の名所や店がわかる物があれば、そこに客が行ってお金を落とし、さらに街も活性化するだろうと思ったからだ。

そのために調べて回るのに部下の女性と俺が行く？

同行させる必要があるのかよくわからないが、一緒に街を歩いた。

目につくのは、ここならオリエが喜ぶかもしれない、これはオリエに似合いそうだ、なんてことばかりで、もう別れて五年以上にもなるのに馬鹿なことを考えてしまう。

同僚の女性に今人気のスイーツ屋に入りましょうと言われて入った。

オリエのことばかり考えていたせいか、彼女に似た後ろ姿の女性を見つけた。

——そんなわけないか。

俺は適当にケーキを頼み、コーヒーを飲んだ。

そしてオリエに似た女性がこちらをチラッと見た。

「オリエ？」

「イアン様？」

まさか、本当に目の前にオリエがいるとは思わなかった。

「あ………ご、ごめんなさい、まさかここにいらっしゃると思わなかったので」

「俺こそ驚いた……あ、もしかしてオリソン国との合同演習で君も来ているのか？」

「はい」

それ以上会話は続かなかった。それから店を後にしようとしたオリエに思わず声をかける。

「待って！」と言ったが、部下がいることを忘れていた。その彼女に「悪いが用事ができた、あとは適当に帰ってくれ」と言ってお金を置き、オリエのところへ戻った。

「オリエ、少しだけ話せないか？」

「でも、いいのですか？」

オリエはチラッと彼女の方を見た。

「うん、先に帰ってもらうように言ったから大丈夫」

オリエと一緒にいた女性は「オリエ、先に帰っているからゆっくりしてね」と言って帰った。

俺達はカフェを出て近くの広場へと向かった。

不思議だった。婚約している時も結婚してからも、いつも薄い壁があった気がする。

俺が作った壁だが、オリエもその壁を壊そうとしなかった。

他人になった今、壁がなくなって普通に話せるようになった。

それからお互いの話をして笑顔で別れた。

そして、陛下に……

「オリエがこの国にいること、今日オリエが街に出ることご存じだったのですね？　だから今日わざと女性の部下と街に行かせたのですね？」

「どうだった？　他の女性といて勘違いされて言い訳してもう一度……なんてことは……うわあ、すまない！　そんな怖い顔をするな！　お前のために仕組んだんだぞ！」

俺は物凄く怖い顔をしていたようだ。

「陛下、貴方の企《たくら》みのおかげでオリエと普通に話せました。ありがとうございました」

「だったらそんな怖い顔をするな！」

「いえ、黙っていたことは許しておりません！」

◇　◇　◇

カフェで再会してから、イアン様と王宮で何度となく出会い、頭を下げて挨拶することが増えた。

オリソン国の王妃様がこのアルク国の王妃様と仲が良いらしく、わたしはここでもお茶会と称して呼ばれることがある。その時になぜか国王陛下も一緒にお茶をいただく。

わたし達三人のお茶会に、イアン様がご一緒することもある。

イアン様が「陛下、遊んでいないで仕事してください！」と呼びにくるのだ。

わたしとイアン様の関係を知っているはずの二人。

陛下は「じゃあ、俺が仕事をする代わりに君が客人とお茶をしろ」と仰って、なぜかイアン様が参加する。たまにカイさんもやってきて、陛下と王妃様とわたしとカイさんの四人の時もある。

「あの、わたしは演習でこの国にきているので、ぜひ演習に戻りたいのですが」

わたしが困りながら言うと、「これも仕事よ」と王妃様から言われてしまう。

「オリエ、諦めろ！　これも仕事だ」

カイさんはいつものように笑いながら言うのだが、なぜ、毎日のように昼休憩になると呼ばれるのかわからない。カイさんもいるし、イアン様もいる。

——居た堪《たま》れない。

こうしてわたしの演習の日々は過ぎていった。


そしてこの国を去る前日……

イアン様とたまたま王宮内ですれ違った。

「イアン様、これでお別れですね。なぜかいつもご一緒にお茶をさせていただくことが多くて、ご迷惑をおかけしました」

わたしは謝罪をしつつお別れの言葉を継げると、イアン様は「オリエ、また手紙を書いてもいいだろうか？」と言われた。

「手紙、ですか？」

「ああ、以前のように友人として」

「……お待ちしております」

わたしとイアン様は文通友達として過ごすことになった。

わたし達は友人として手紙を出し合う。でももう会うことはない。

オリソンで過ごす内に、恋人と呼べる相手がわたしにできた時もあった。

「絶対にオリエを幸せにするから、付き合ってほしい」

同じ騎士の恋人はわたしを大事にしてくれた。

でも、イアン様を好きだった、愛していたあの時の気持ちを彼に対して持てず、結局別れた。

それからはもう諦めた。好きでもない人とはもう付き合わない。

好きな人がいつかできたら……できなければ一人で一生過ごしてもいいかもしれない。

貴族令嬢なら再婚しなければ醜聞になるから、誰かの後妻になったかもしれない。

でも平民のわたしは二十三歳で少し行き遅れだけど、慌てることもない。駄目ならそれでいい。

「あれだけセッティングされたのに、イアン様ともう一度付き合うことはなかったのね」

アルク国から帰ってきて恋人と付き合いだし、別れて半年後。

「え、なんのことですか、それは？」

なぜか突然、オリソン国の王妃様がお茶会の席で話し出した。

「だってイアン様と縒《よ》りを戻すと思ったら突然恋人を作って、作ったと思ったら二か月で別れて、平然としているのですもの」

「縒《よ》りを戻す？　セッティング？　あれだけイアン様とお会いしたのはアルク国王達が仕組まれたことなのですか？」

「当たり前でしょう？　そうじゃないと二人が何度も会うわけないじゃない」

——確かに。あの広い王宮で何度もすれ違うなんてあるわけない。お茶の時間、確かに陛下達がわざと会わせていたのはわかっていたけど……

「もう終わったんですよ？　ずっと前に」

「だったら新しい恋をしなさい」

「しようとしたけれど、駄目だったんです」

「何言っているの？　我が国で一番かっこいいと言われた騎士の彼を恋人にしたくせに、二か月で振っておいて！　もったいない！」

「それは……申し訳ありません。でも心が追いつかないんです。どんなに優しい言葉を言われてもどんなに優しくしてくれても……相手を好きになれないんです。イアン様を愛していた時は辛くて切なくて苦しかった。でも愛していたから心はずっと満たされていた……王妃様、どうしたら新しい恋ができるのですか？　教えてください」

「そんなの、貴女《あなた》しかわからないことよ。もう一度イアン様と向き合ってみてはどうかしら？」

「向き合う？　もう終わった彼とどんな風に？」

「終わっていないから新しい恋ができないのよ。しっかり向き合って確認してきなさい。中途半端な別れだったから、まだ心が残っているのだと思うわ。彼としっかり向き合って、好きだった気持ちも話すの。そうして綺麗さっぱり別れてきたら？」

「今更ですか？」

「そうよ、きちんと別れていないから駄目なの」

「でもイアン様はもうわたしのことなんか、なんとも思っていません。それを今更……」

「オリエにはしばらくアルク国に出張してもらいます。さあ、さっさと行ってきなさい！　そしてスッキリして戻ってきてちょうだい」

こうしてわたしは再び、無理やりアルク国へと行くことになった。

エピローグ

アルク国に来てから、また騎士団の寮で暮らすことになった。騎士達からは「お帰り」と受け入れられてしまった。とりあえず、ここで騎士として働かせてもらう。

「オリエ、行くぞ！」

副団長自らがわたしと組んで一緒に護衛の仕事をする。演習で半年間過ごしたおかげで顔見知りもいたし、仕事の内容もある程度わかるのでなんとかやっていけそうだ。

いつまでいることになるのだろう。

早くイアン様に会ってさっさと気持ちにけじめをつけてオリソンへ戻ろう。

そう思っていたら、やっとイアン様が勤める場所を見つけられた。

でも隣にはいつも綺麗な女性がいて、仲良く話している姿を何度も見かけた。今回はわたしがこの国に来ていることを彼は知らない。手紙を書く前に、強制的に来ることになったから。

だから自分で話しに行かなければならない。わかっているのに彼の前に姿を現せないでいた。

自分だって恋人ができたんだから、彼にだって恋人ができて当たり前だ。わかっているのにジーナ様やジョセフィーヌ様の時を思い出して心が痛くなる。

彼が楽しそうに笑う顔、優しく語りかけている姿。そんな様子がわたしを怯《ひる》ませた。

「……帰りたい」

わたしは思わず弱音を吐く。それを副団長さんはしっかり聞いていた。

「オリエの話は聞いている。だから家族のいる俺が君の相方になったんだ。独身だと君に惚れてしまいかねないからね」

「え？」

「君は前回演習に来た時、高嶺《たかね》の花と言われていたんだ。今回も君を狙っている奴らはいっぱいいるからね。まぁ、前回は陛下と妃殿下がしっかりオリエを守っていたから、誰も手を出せなかった。だけど、今回オリエは誰の庇護《ひご》下にもなく、ここで過ごしている。でも流石《さすが》に何かあったら困るからね、職場では俺が守っているんだよ」

その話を聞いてわたしは頭を下げるしかなかった。

いくら騎士として努力しても、女のわたしは数人の男性に囲まれれば抵抗できなくなる。まだこの国では全員の騎士と信頼関係がない。もし男性と揉《も》めても、助けてもらえるかどうかわからない。副団長達の気配りに感謝するしかなかった。

わたしが一歩を踏み出せないまま、イアン様の隣にいた女性に話しかけられてしまった。

「よくわたし達のことを見ていますよね？」

「すみません、そんなに見ていましたか？」

わたしはどう答えていいのかわからずに下を向いた。

「ええ、何か御用でもあるのかと気になって」

わたしがジロジロと見ていたのにこうやって嫌味でもなく聞いてくるのに驚きながらも、やはり返事できなかった。

「すみませんが、お答えできません」

イアン様を見ていたとは言えず、頭を下げて立ち去ろうとした。

「イアン様が気になるのですか？」

「……え？」

「イアン様のファンが多くて。わたしも何度か呼び出されたりして困っているんです」

「あ……なたは……」

──彼女ですか？　と聞きたかったのにそれ以上の言葉が出なかった。だって目の前に……

「オリエ？　どうしてまたこの国に来ているんだ？」

イアン様がわたしの顔を見て驚いていた。

「あ、あの、またこの国に行くようにと王妃様に飛ばされてしまいました」

──嘘ではない。ただしイアン様と話すように言われたけど。

「オリソンの妃殿下とうちの国の妃殿下は仲良くしているらしいが、君はその間を行き交う繋《つな》ぎ役なのかい？」

「そうではないと思うのですが」

──イアン様の彼女がわたしを睨《にら》んでいる。

「ごめんなさい、わたし、イアン様と貴女《あなた》のお邪魔をするつもりはなかったのです。ただ、イアン様に用事があって話さないといけなくて、でもどうしようか悩んでいて……」

「俺に用事が？　別に邪魔ではないよ。今は彼女に用事があるから、夕方にでも君のいる寮に迎えに行くよ。それでいい？」

「あ……いや、そこまでされなくても……」

「気にしないで、じゃあ後で」

そう言ってイアン様は彼女とどこかへ行ってしまった。

——自分の気持ちに踏ん切りをつけるために来たはずなのに……何も言えなくて、目の前で彼女との仲の良い姿を見てしまうだけの結果か。

もう何も言わずに気持ちのけりをつけてもいいのかもしれない。だって彼女と言ったもの。

その後の仕事はあまり手がつかなかった。本日は内勤で、事務仕事を中心にする予定だったのに、いつもの半分しかできなかった。

「いいよ、いいよ。いつも人の倍働くオリエ嬢が、珍しく人と同量の仕事をしたんだ。これが普通なんだよ？」

夕方イアン様が迎えに来る前に一度着替えたくて寮に戻った。平民のわたしの服には豪華なドレスも高級な服もない。わたしはいつもの着やすくて動きやすいワンピースに着替えた。

長い髪は……いつも結んでいるのでほどいて、櫛《くし》で解いて下ろそう。

「ふう、まるで今から告白でもするみたい」

自分の姿を鏡に映した。令嬢の時のオリエはもういない。

今のわたしは騎士のオリエ。

そしてイアン様の妻だった頃とも愛して苦しんでいた頃とも違う。

わたしはただ自分の気持ちの整理をしたいだけ、前に進むために。

そしてイアン様が迎えに来てくれたと連絡が入った。

通りをイアン様と並んで歩く。

「手紙の返事が返ってこないと思ったら、こっちに来ていたんだね」

「突然だったので伝えそびれてしまいました」

「俺に話があったんだろう？」

「はい、でも、もう大丈夫になりました」

「え？」

「わたし、イアン様ときちんとお別れしようと思ったんです。もう友人として連絡を取ることもやめようと」

「なぜ？」

「前に進みたいのです、わたしは……イアン様への気持ちから解放されたいのです」

「俺から、解放？　どういうことかな」

「大袈裟《おおげさ》ですみません、でも本当の気持ちです。今までありがとうございました。もうお会いすることも連絡することもありません」

わたしは頭を下げ、グッと涙を堪えて頭を上げると笑顔で「さよなら」と言った。

◇　◇　◇

オリエから話があると言われ、「さよなら」と告げられた。

——当たり前だよな。文通しよう、友人でいようなんてずるいことを言っていまだに彼女との関係を続けようとした。

彼女に恋人ができたことを手紙に書かれた時には一週間深酒をしてフラフラしながら仕事をした。

現実を突きつけられた。ならば俺も誰かと……とは思えなかった。

オリエはこんな気持ちで婚約の間も結婚してからも辛い日々を過ごしたのだ。

なんて残酷なことをしたんだろう。

わかってはいても現実は思った以上にキツかった。

オリエが他の男に触れられる。

そう思うだけで、心が抉《えぐ》られてどうしようもなくなった。

たぶんいつも一緒にいる仕事仲間の彼女のことを恋人だと勘違いされている。

でもオリエに彼女なんていない、と言って何になるのだろう？

前に進むために俺に「さよなら」を言いに来た彼女に……

それでも、俺は……

俺も前に進むために彼女に言おう。

「オリエ、俺は今も君を愛している、彼女は恋人ではない、ただの仕事仲間だ」

オリエが俺を振っても仕方がない、それでも俺は最後に言わずにはいられなかった。

「どうして今更そんなことを言うの？」

「忘れられないから、ずっとずっと愛しているから……俺は君だけなんだ、これからもずっと。貴女《あなた》しか愛せない」

「わたしは………」

俺は彼女の返事を待った。

――彼女は目に大粒の涙を湛《たた》えながら、ほんの少し微笑《ほほえ》んだように見えた。

この作品に対する皆様のご意見・ご感想をお待ちしております。
おハガキ・お手紙は以下の宛先にお送りください。
【宛先】
〒150-6019 東京都渋谷区恵比寿 4-20-3 恵比寿ｶﾞｰﾃﾞﾝﾌﾟﾚｲｽﾀﾜｰ 19F
（株）アルファポリス　書籍感想係

メールフォームでのご意見・ご感想は右のＱＲコードから、
あるいは以下のワードで検索をかけてください。

アルファポリス　書籍の感想　検索

ご感想はこちらから

本書は、「アルファポリス」（https://www.alphapolis.co.jp/）に掲載されていたものを、
改稿、加筆のうえ、書籍化したものです。

そんなに側妃《そくひ》を愛《あい》しているなら邪魔者《じゃまもの》のわたしは消《き》えることにします。

たろ

2025年 5月 5日初版発行

編集－桐田千帆・大木 瞳
編集長－倉持真理
発行者－梶本雄介
発行所－株式会社アルファポリス
〒150-6019 東京都渋谷区恵比寿4-20-3 恵比寿ｶﾞｰﾃﾞﾝﾌﾟﾚｲｽﾀﾜｰ19F
TEL 03-6277-1601（営業）03-6277-1602（編集）
URL https://www.alphapolis.co.jp/
発売元－株式会社星雲社（共同出版社・流通責任出版社）
〒112-0005 東京都文京区水道1-3-30
TEL 03-3868-3275
装丁・本文イラスト－賽の目
装丁デザイン－AFTERGLOW
（レーベルフォーマットデザイン－ansyyqdesign）
印刷－中央精版印刷株式会社

価格はカバーに表示されてあります。
落丁乱丁の場合はアルファポリスまでご連絡ください。
送料は小社負担でお取り替えします。
©Taro 2025.Printed in Japan
ISBN978-4-434-35671-1 C0093